Florian Hilles

Jenny Dale

Ein Kommissar auf vier Pfoten

Jenny Dale

Ein Kommissar auf vier Pfoten

Aus dem Englischen
von Reinhard Schweizer und Britta Keil

Ravensburger Buchverlag

Als Ravensburger Taschenbuch
Band 54307
erschienen 2007

Einmalige Sonderausgabe

Die Ausgabe enthält die drei Bände
„Polizeihund Max und der verschwundene Junge“
(RTB 52224),
„Kommissar Wuff rettet das Fußball-Turnier“
(RTB 52233) und
„Kommissar Wuff und der Diebstahl
im Zoogeschäft“,
erschienen 2006 als Sammelband
unter dem Titel „Ein Detektiv auf vier Pfoten“
im Ravensburger Buchverlag

Die englischen Originalausgaben erschienen
2000 unter den Titeln „Police Pup – Paw and
Order“, „Police Pup – The Pup Squad“ und
„Police Pup – The Pet Shop Job“ bei
Macmillan Children's Books
a division of Macmillan Publishers Limited,
20 New Wharf Road, London N1 9RR, England

Created by Working Partners Limited 2000
London W6 0QT

Umschlaggestaltung: Dirk Lieb unter Verwendung
einer Illustration von Thomas Haubold

Printed in Germany

1 2 3 4 5 11 10 09 08 07

ISBN 978-3-473-54307-6

www.ravensburger.de

Mit besonderem Dank an Narinder Dhami

Ein großes Dankeschön
für die wertvollen Hinweise
geht auch an die Polizeibeamten
Steve Dean und Peter Whitehead.

In Erinnerung an Metpol Bruno 40,
der zehn Jahre lang als Polizeihund
im Einsatz war, an den Polizeihund Ashley,
dessen Nachkommen noch heute
den Polizeidienst versehen, und an Beulah,
der von einem Polizeibeamten gerettet wurde,
um ein ganz besonderer Hund zu werden.

Inhalt

Kommissar Wuff und der verschwundene Junge

Aus dem Englischen
von Reinhard Schweizer

1

„Das ist super!“, rief der zehnjährige Leon Wilson. Er stand in einem leeren Zimmer und sah sich mit einem breiten Grinsen im Gesicht darin um. Das Zimmer war groß und die Aussicht wirklich umwerfend. Man konnte auf die Hauptstraße des Dorfes blicken und in der Ferne bis zu den Bergen des Peak Districts.

Als Leon sich aus dem Fenster beugte, rasten zwei Jungs auf Mountainbikes vorbei. Einige andere spielten auf der Dorfwiese Fußball. Leons Grinsen wurde noch etwas breiter. Ellandale war so ganz anders als London, wo sie bis jetzt gewohnt hatten. Sicher würde es ihm hier gefallen.

Leon wirbelte herum. Seine Zwillingsschwester Lisa kam ins Zimmer gestürmt, gefolgt von Wuff, dem Schäferhund der Wilsons.

„Ich will dieses Zimmer haben!“, sagte Leon schnell.

„Heh, das ist aber ungerecht!“, murrte Lisa und wischte sich ihre langen schwarzen Haare aus dem Gesicht. „Mama hat gesagt, das entscheiden wir gemeinsam!“

„Aber ich war als Erster hier!“, sagte Leon zu seiner Zwillingsschwester und schnitt eine Grimasse. „Nicht wahr, Wuff?“

Wuff legte seinen Kopf auf die Seite und ließ seine großen schwarzen Augen langsam von Lisa zu Leon wandern, so als verstünde er jedes Wort der beiden Geschwister.

„Typisch!“, brummte Lisa. Aber Leon sah ihr an, dass sie sich über das neue Zuhause viel zu sehr freute, um wegen des Zimmers wirklich verärgert zu sein.

Er folgte ihr in den Flur und in das Zimmer, das nach hinten rausging.

„Das ist ja wunderschön!“, rief Lisa und hatte

sofort viel bessere Laune. Das Zimmer war zwar kleiner als das von Leon, aber der Blick aus dem Fenster war einfach fantastisch. Lark Cottage, so hieß ihr neues Zuhause, war auf dieser Seite umgeben von grünen Wiesen und Feldern, die bis zum Horizont reichten. Dazwischen schlängelte sich ein Fluss, der in der Morgensonne glitzerte.

„Vielleicht nehme ich ja doch dieses Zimmer", meinte Leon, nur um seine Schwester zu ärgern.

Lisa schubste ihn zur Seite. „Leon Wilson, du bist unmöglich!"

Indessen schnüffelte Wuff in einer der Zimmerecken und untersuchte die Gerüche, die wohl von den früheren Bewohnern stammten. Sein langer, buschiger Schwanz wedelte hin und her.

Lisa kniete sich neben ihn und streichelte über seine flauschigen Ohren. „Du fühlst dich hier schon zu Hause, nicht wahr, Wuff?" Sie grinste. „Ich glaube, es wird ihm hier gefallen!"

„So wie uns!", rief Leon begeistert. Er musste gar nicht fragen, ob Lisa derselben Meinung war. Die Zwillinge verstanden sich so gut, dass sie fast immer erraten konnten, was der andere dachte.

Anfangs waren sie überhaupt nicht begeistert gewesen, als ihr Vater ihnen mitgeteilt hatte, dass sie umziehen würden. John Wilson war Polizist, und als man ihm auf dem Land – am „Ende der Welt“ – eine neue Stelle angeboten hatte, hatte er zugesagt. Aber kaum hatten Leon und Lisa das Dorf Ellandale in den Tälern von Derbyshire zum ersten Mal gesehen, waren ihre Bedenken wie weggeblasen gewesen.

Lisa wuschelte dem Schäferhund durch das dichte, schwarz-braune Fell. „Wuff muss schon ab morgen mit Papa zur Arbeit, nicht wahr?“

Leon nickte. „Ja. Dann müssen sich alle Bösewichte in Ellandale in Acht nehmen!“, meinte er lachend und legte Wuff seinen Arm um den Hals. Der Hund bellte und wischte mit seinem Schwanz über die nackten Dielen.

Die Wilsons hatten Wuff bei sich aufgenommen, als er gerade mal zwölf Wochen alt gewesen war. Und schon bald hatte er zur Familie gehört. Doch dieser Schäferhund war kein gewöhnliches Haustier, sondern ein hervorragend ausgebildeter Polizeihund. Und nun, nachdem er seine lange Ausbildung abgeschlossen hatte, sollte er Wachtmeister Wilson helfen, im Bezirk Ellandale Verbrechen zu bekämpfen.

Wuff, dessen Schwanz in ständiger Bewegung gewesen war, hielt plötzlich inne. Er spitzte seine Ohren und schien angestrengt zu lauschen.

Wenig später hörten sie die Stimme ihrer Mutter, die die Treppe heraufkam.

„Habt ihr euch schon entschieden, wer welches Zimmer bekommt?“

Leon und Lisa lachten. Obwohl sie daran gewöhnt waren, wie zuverlässig Wuff auf jedes Geräusch reagierte, erstaunte sie seine Wachsamkeit stets aufs Neue. Gerade deshalb, weil einem Schäferhund nichts entging, waren diese Tiere für den Polizeidienst so gut geeignet.

„Ja, Leon nimmt das Zimmer nach vorn und ich das nach hinten raus“, antwortete Lisa.

„Sehr gut“, sagte Tina Wilson und trat zu ihnen. Mit ihrer staubigen Hand fuhr sie sich durch ihr blondes Haar. Sie war Krankenschwester und eigentlich daran gewöhnt, dass ihre Tage anstrengend waren. Doch die Strapazen dieses Umzugs machten selbst ihr allmählich zu schaffen. „Würdet ihr jetzt bitte nach unten kommen? Die Umzugsleute wollen die Möbel hochtragen.“

Lisa, Leon und Wuff polterten die Holztreppe hinunter, als John Wilson gerade mit einem riesigen Umzugskarton durch die Haustür kam.

„Alles in Ordnung, ihr beiden?", fragte ihr Vater und lächelte. Er war ein großer, kräftiger Mann, der immer ruhig und freundlich wirkte. Gleichzeitig strahlte er Autorität aus.

Die beiden Kinder nickten begeistert.

„Komm, wir sehen uns mal den Garten an!", rief Lisa und puffte Leon in die Rippen. Mit Wuff im Schlepptau rannten sie durch den Flur in Richtung Küche.

Mit dem Steinboden, den alten Holzschränken und dem offenen Kamin sah die Küche ganz anders aus als die Küche in ihrem früheren Haus. Bis gestern hatten sie in einer modernen Doppelhaushälfte gewohnt.

Die etwas schiefen Wände von Lark Cottage, die verwinkelten Gänge und die sichtbaren Deckenbalken waren deshalb ungewohnt für sie.

„Schau!" Leon deutete auf die Tür, die in den Garten hinter dem Haus führte und schief in den Angeln hing. „Die hängt ja ganz schräg."

„So schräg wie die da“, sagte Lisa und zeigte auf die große Holztür auf der anderen Seite. „Wo die wohl hinführt?“

„Papa sagte doch, dass da unten unser Keller ist“, meinte Leon. „Was glaubst du, Lisa. Wie alt ist dieses Haus?“

„Hast du nicht die Zahl über der Haustür gesehen?“, entgegnete seine Schwester. Ihr fielen immer solche Kleinigkeiten auf. „Dort steht *Lark Cottage, 1820*.“

„1820!“ Leon war beeindruckt. Dann grinste er. „Mensch, vielleicht gibt es hier ja einen Geist.“

Lisa schüttelte den Kopf. „Ganz sicher nicht“, sagte sie schnell, denn bei solchen Gedanken lief ihr schnell ein Schauer über den Rücken. „Und überhaupt“, fügte sie hinzu, „wenn es hier Geister gäbe, würde Wuff sie sofort aufspüren!“

„Klar, Wuff kann ja unser Geisterjäger werden“, lachte Leon. Doch als er den Hund ansah, wurde Leon plötzlich ernst. „Nanu, was hat er denn?“

Wuff starrte wie gebannt auf die Kellertür. Er begann zu winseln und an der Tür zu kratzen. Jeder Muskel in seinem kräftigen, sehnigen Körper war angespannt. Dann sprang er mit aller Kraft gegen die Tür.

„Vielleicht hat er ja schon einen Geist gefunden!", stichelte Lisa.

Doch dann wurden beide Kinder plötzlich ganz still. Aus dem Keller war ein unheimliches, lautes Kratzen zu hören. Deshalb war Wuff so aufgeregt!

2

Leon und Lisa erschraken und hielten sich gegenseitig fest, während Wuff immer wilder an der Tür hochsprang, um sie zu öffnen.

„Was war das?“, flüsterte Leon.

„Vielleicht eine Maus“, stieß Lisa hervor.

„Die müsste dann aber so groß wie Wuff sein, um so einen Krach machen zu können“, entgegnete ihr Bruder.

Sie sahen einander an.

„Vielleicht ist es wirklich ein Geist“, murmelte Leon.

„Red doch keinen solchen Unsinn!“, antwortete Lisa entschlossen.

„Dann müssen wir eben runtergehen und nachsehen!“, sagte Leon und griff nach dem Schlüssel, der an einem Haken an der Wand hing.

„Sollen wir nicht lieber Mama und Papa Bescheid sagen?“, fragte Lisa nervös. Leon stürzte sich immer kopfüber in solche Situationen. Aus diesem Grund waren sie beide schon oft genug in Schwierigkeiten geraten.

„Wir nehmen einfach Wuff mit“, sagte Leon. „Dann kann uns nichts passieren.“

Lisa nickte. Sein Leben lang hatte Wuff auf sie und Leon aufgepasst. Sie konnten sicher sein, dass der Hund sie vor jeder Gefahr beschützen würde.

Als Leon die Tür vorsichtig öffnete, hörte er wieder das seltsame Kratzgeräusch. Jetzt war es noch lauter.

„Platz!“, befahl Lisa, als der Schäferhund die Treppe hinunterstürmen wollte.

Wuff setzte sich sofort. Doch er blieb auf der Lauer und lauschte konzentriert.

Leon stellte sich neben ihn und griff nach seinem Halsband.

„Also“, sagte er entschlossen, „jetzt gehen wir runter!“

„Gibt es hier denn kein Licht?“, fragte Lisa

und starrte über Leons Schulter hinweg in die pechschwarze Finsternis. Es roch ganz modrig.

Leon tastete sich an der Wand entlang und fand einen Schalter. Ein trübes Licht ging an, das längst nicht hell genug war, um den riesigen Keller vollkommen auszuleuchten. Vorsichtig betrat Leon die Treppe. Wuff folgte bei Fuß und hinter ihnen ging Lisa. Sie waren fast unten, als sie wieder das Kratzen hörten.

„Das kommt von da drüben!“, flüsterte Lisa und deutete auf einige Kartons in der Ecke.

Auch Wuff hatte etwas entdeckt und strebte in die gleiche Richtung. Als Leon das Halsband losließ, sprang Wuff sofort die Treppe hinunter und bellte. Da hörten Leon und Lisa plötzlich ein zweites Bellen, und gleich darauf purzelte ein kleiner braun-weißer Terrier aus einem der Kartons. Frech kläffte er sie an und wackelte mit seinem Stummelschwanz.

„Es … es ist ein Hund!“, rief Leon.

„Na so etwas Dummes!“ Lisa grinste. „Ich hatte mich schon darauf gefreut, dass wir den Geist von Lark Cottage kennenlernen!“

Der Hund kam näher, und er und Wuff begrüßten sich, indem sie sich vorsichtig beschnüffelten. Dann rannte der kleine Hund zu Leon und Lisa, sprang um ihre Beine und bellte vergnügt, als sie ihn streichelten.

„Wem der wohl gehört?", überlegte Leon laut und musste lachen, als der Terrier sich übermütig im Kreis drehte und versuchte, seinen eigenen Schwanz zu erwischen. „Aber vielleicht hat er gar kein Zuhause?"

Lisa schüttelte den Kopf.

„Doch, hat er. An seinem Halsband hängt eine Hundemarke."

Sie bückte sich und nahm ihn auf den Arm. Aber es war gar nicht so einfach, die Hundemarke zu entziffern, denn der Terrier leckte ihr ungestüm das Gesicht ab.

„Hör auf!" Lisa kicherte. „Komm, wir gehen lieber wieder nach oben und zeigen ihn Mama und Papa."

„Lisa! Leon!" Gerade in diesem Moment hörten sie ihre Mutter rufen. „Was um alles in der Welt treibt ihr da unten im Keller?"

„Das errätst du nie!“, rief Lisa, während sie schnell die Treppe hinaufliefen.

Als sie in die Küche kamen, drehte sich ihre Mutter zu ihnen um und lächelte. Neben ihr standen eine blonde Frau, die einen wunderbar duftenden Kuchen in der Hand hielt, und ein ebenfalls blondes Mädchen, das ungefähr so alt war wie die Zwillinge.

„Lisa, Leon, ich möchte euch unsere neuen Nachbarn vorstellen. Das sind Mrs Gibbs und ihre Tochter Julia, die ...“ Sie verstummte und riss die Augen auf. „Wo kommt denn dieser Hund her?“

„Also ...“, begann Lisa. Doch mehr konnte sie gar nicht sagen, denn Julia, die den Hund auf Lisas Arm entdeckt hatte, rannte sofort auf sie zu.

„Felix, du Schlawiner! Ich hab dich überall gesucht!“

Felix kläffte fröhlich, als Julia ihn an sich drückte.

„Ist das dein Hund?“, wunderte sich Leon. „Er war in unserem Keller.“

„Dahin verschwindet er immer!“, rief Julia.

„Unser Keller grenzt direkt an euren Keller und irgendwo gibt es wohl ein Loch in der Wand“, meinte Julias Mutter. „Ich werde meinem Mann sagen, er soll mal nachsehen und die Stelle zumauern.“

„Wir dachten zuerst, das Geräusch käme von einem Geist!“ Lisa grinste.

„Nein, es war nur Felix’ besondere Art, euch in Ellandale zu begrüßen.“ Julia lachte.

„Deshalb wollten auch wir vorbeikommen, aber Felix war wieder mal schneller!“ Mrs Gibbs überreichte Mrs Wilson den Kuchen. „Ich war gerade beim Backen und dachte, dass Sie vielleicht Apfelkuchen mögen.“

„Oh, das ist aber lieb von Ihnen!“, bedankte sich Mrs Wilson und strahlte. „Der Kuchen riecht ja köstlich. Den gibt es später zum Nachtisch.“

„Gehört der Schäferhund euch?“, fragte Julia die Zwillinge und sah zu Wuff, der neben ihnen saß. „Der ist aber schön.“

„Ja, Wuff ist ein ganz besonderes Tier“, antwortete Leon stolz. „Er arbeitet für die Polizei. Zusammen mit meinem Vater, der ist Polizist.“

„Ach, das ist der neue Polizeihund“, entgegnete Julia. „Das ganze Dorf redet ja schon von eurem Schäferhund. Beim Bürgertreffen haben sie von ihm erzählt. Wir freuen uns alle, dass wir hier nun endlich so einen Wachhund haben!“

„Hast du das gehört, Wuff?“, fragte Lisa und tätschelte ihm den Kopf. Wuff drückte seine kalte schwarze Schnauze in ihre Hand. „Du bist jetzt schon berühmt!“

„Vielleicht könnte mir euer Vater ja ein paar Tipps geben, wie ich Felix etwas Benehmen beibringen kann.“ Julia seufzte, während sie ihr T-Shirt aus Felix' Zähnen befreite. „Geht ihr auch in die Ellandale Grundschule?“

Leon nickte. „Ja, ab morgen. Wir sind in der 6K – der Klasse von Mrs Kendall.“

Julias Augen strahlten. „Ich auch!“

„Das ist ja toll!“, freute sich auch Lisa, denn sie fand Julia richtig nett. „Wie ist denn die Lehrerin, diese Mrs Kendall?“

„Oh, ganz in Ordnung“, versicherte Julia. „Vielleicht ein bisschen streng, aber sie kann auch mal Witze machen.“

„Ich glaube, wir stehen hier ein wenig im Weg“, sagte Mrs Gibbs ein paar Minuten später zu ihrer Tochter. „Komm jetzt, Julia. Sonst werden unsere neuen Nachbarn nie mit dem Auspacken fertig.“

„Ich komm ja schon.“ Julia strahlte Leon und Lisa an. „Also dann, bis morgen!“

„Julia ist unsere erste Freundin in Ellandale“, bemerkte Lisa glücklich, als Mrs Gibbs und ihre Tochter gegangen waren.

Leon nickte. „Und wie es scheint, hat auch Wuff schon einen neuen Freund gefunden.“ Er hatte beobachtet, wie Wuff dem Terrier noch lange nachgesehen hatte. „Wann gibt’s denn Mittagessen, Mama?“, wollte er nun wissen.

Mrs Wilson stöhnte. „Zum Kochen habe ich nun wirklich keine Zeit! Wieso macht ihr nicht mit Wuff einen kurzen Spaziergang? Danach soll Papa irgendwo ein paar Pizzas zum Mitnehmen kaufen.“

„Super!“ Die Zwillinge rannten los, um die Hundeleine zu holen.

Kurz darauf öffneten sie das Tor am anderen Ende des großen, etwas verwilderten Gartens. Sie dachten daran, dass sie von ihrem bisherigen Garten in London nur bis zur Häuserreihe gegenüber hatten sehen können. Hier blickten sie nun auf Wiesen, Felder und Wälder.

„Bleibt nicht zu lange weg – und geht nur so weit, dass ihr unser Haus immer sehen könnt!“, rief ihnen ihre Mutter nach.

„Als wir alle noch in London wohnten, wollte Mama nie, dass wir Wuff alleine ausführen“, erinnerte Lisa ihren Bruder.

„Auf dem Land ist das halt anders“, erwiderte Leon. „Hier gibt’s ja auch nicht so viele Autos. Es ist viel sicherer.“

Lisa seufzte glücklich. „Das wird sicher toll hier! Alle sind so nett und …“ Sie hielt inne, als Wuff plötzlich wie erstarrt stehen blieb.

Leon blickte zu ihm hinunter. „Was ist denn, alter Junge?“

Wuff starrte auf einige Büsche, die dicht nebeneinanderstanden. Sein Fell sträubte sich.

„Da ist was in den Büschen!“, flüsterte Lisa.

„Hallo, ist da jemand?“, rief Leon und versuchte, nicht ängstlich zu klingen. „Wenn ja, dann kommen Sie bitte heraus!“

Jetzt raschelte es. Wuff knurrte. Voller Anspannung standen Leon und Lisa nebeneinander. Wen oder was hatte er denn dieses Mal gefunden?

3

Gleich darauf teilten sich die Büsche und ein Junge kam zum Vorschein. Er hatte verstrubbelte braune Haare, trug alte Jeans und ein viel zu großes T-Shirt.

Leon und Lisa starrten ihn an.

„Mensch, du hast uns eben fast zu Tode erschreckt!", rief Lisa.

„Tut mir leid", stammelte der Junge, während er argwöhnisch auf Wuff blickte.

„Alles in Ordnung, der tut dir nichts", versicherte Leon schnell. „Er wollte uns nur beschützen. Ruhig, Wuff. Das ist ein Freund." Er musterte den Jungen. „Streck ihm deine Hand hin. Dann kann er deinen Geruch aufnehmen."

Der Junge tat, was Leon gesagt hatte, und Wuff beschnüffelte ihn interessiert. Er wusste nun, dass der Junge für Leon und Lisa keine Gefahr darstellte und setzte sich erwartungsvoll auf seine Hinterpfoten.

„Was hast du denn in den Büschen gemacht?", fragte Lisa neugierig.

„Nichts", murmelte der Junge. „Ich hab nur was gesucht."

Leon hielt das für eine ziemlich dumme Ausrede. Doch bevor er etwas sagen konnte, bestürmte Lisa den Jungen schon mit ihren Fragen.

„Wie heißt du denn? Wie alt bist du? Wohnst du hier in Ellandale?", wollte sie wissen.

Der Junge schaute schüchtern zu Boden. „Ich heiße Paul und bin zehn. Wir sind gerade erst nach Ellandale umgezogen."

„Genau wie wir!", rief Lisa vergnügt. „Ich bin Lisa und das ist mein Zwillingsbruder Leon. Bestimmt wirst du auch in die Ellandale Grundschule gehen. Kommst du ebenfalls in die Klasse von Mrs Kendall?"

„Ähm … ja … vielleicht …", stammelte Paul.

Leon fragte sich, wieso der Junge so verlegen war. Als Paul merkte, wie Leon ihn musterte, wurde er rot im Gesicht. „Ich hab auch einen Hund“, sagte er.

„Oh, wie heißt er denn?“, fragte Lisa neugierig. „Und was für eine Rasse ist es?“

Paul hob die Schultern. „Keine Ahnung, es ist ein Mischling. Er heißt Bobby.“

„Du musst ihn mal mitbringen. Dann kann er sich mit Wuff anfreunden und wir können die Hunde zusammen ausführen“, schlug Lisa vor.

„Das geht nicht!“, sagte Paul schnell. „Das heißt ... Bobby ist gerade bei ... jemand anderem. Bis wir richtig eingezogen sind.“

Wieder fragte sich Leon, wieso Paul wohl so traurig wirkte. Vielleicht vermisste er ja seinen Hund so sehr. Paul tat ihm leid. „Sicher fehlt dir Bobby. Aber wieso kommst du nicht mit zu uns nach Hause? Wenn du willst, kannst du bei uns zu Mittag essen.“

Pauls Miene hellte sich sofort auf. „Wirklich?“

„Na klar!“, versicherte Leon. „Unsere Mama hat sicher nichts dagegen – aber vielleicht solltest du deiner Mutter vorher Bescheid sagen?“

Sofort schüttelte Paul den Kopf. „Ach, das ist

nicht nötig … meine Mutter hat bestimmt nichts dagegen.“

„Super!“, rief Leon und strahlte. „Gehen wir!“

Insgeheim dachte Lisa, dass ihre Mutter sehr wohl etwas dagegen haben könnte, weil sie wegen des Umzugs so viel zu tun hatte. Aber wenn Leon sich etwas in den Kopf gesetzt hatte, war er einfach nicht mehr zu bremsen.

Als sie nach Hause gingen, fiel Leon auf, dass Paul kaum ein Wort sagte. Gleichzeitig schien er gerne mit Wuff zusammen zu sein. Vielleicht war er tatsächlich nur schüchtern und vermisste seinen eigenen Hund.

„Hallo, ihr beiden“, begrüßte sie ihr Vater in der Küche. Er zog sich gerade eine Jacke an. „Ich fahre jetzt los und hole Pizza.“ Da bemerkte er Paul und lächelte. „Wen haben wir denn da?“

„Ich … ich bin Paul“, sagte Paul und trat unruhig von einem Fuß auf den anderen.

John Wilson sah Paul forschend an, bis der Junge hinzufügte: „Carter. Paul Carter.“

„Er ist gerade erst nach Ellandale gezogen, und Leon hat ihn zum Essen eingeladen“, klärte Lisa ihren Vater auf.

In diesem Moment kam auch ihre Mutter in die Küche.

„Na, ihr habt ja schon die sprichwörtliche Gastfreundschaft übernommen, die auf dem Land herrscht“, neckte sie ihr Vater beim Hinausgehen. „Also dann, bis später.“

„Wo wohnst du denn, Paul?“, fragte ihre Mutter, während sie in einem der Umzugskartons nach Tellern suchte. „Lisa, suchst du mal bitte die Gläser?“

„Oh, am anderen Ende von Ellandale“, sagte Paul ausweichend.

„Wo denn genau?“ Aber ihre Mutter wartete nicht auf eine Antwort. „Schau mal in dem Karton da drüben, Lisa. Ich bin ja so froh, wenn endlich alles eingeräumt ist!“

„Was machen denn deine Eltern, Paul?“, wollte Lisa wissen.

Leon wunderte sich, dass Paul bei der Frage etwas rot wurde.

„Mein Papa arbeitet als Journalist“, antwortete er zögernd. „Und Mama ist Buchhalterin.“

„Vielleicht können wir sie morgen besuchen“, schlug Mrs Wilson vor und stellte eine Flasche Limonade auf den Tisch.

Paul sagte nichts, doch Leon hatte den Eindruck, dass er erleichtert aufatmete, als Lisa das Thema wechselte und erzählte, wie schön es doch in Ellandale war. Er setzte sich neben Wuff auf den Boden und streichelte ihm zärtlich übers Fell.

„Prima – das Essen kommt!“, sagte ihre Mutter, als zwanzig Minuten später die Haustür aufgeschlossen wurde.

„Der Pizza-Mann ist da!“, rief Mr Wilson. Mit einem ganzen Stapel Pizzaschachteln betrat er die Küche. „Und hier ist jemand, den ich euch vorstellen möchte.“ Er drehte sich zu einer jungen Polizistin um, die hinter ihm durch die Tür kam. „Das ist Wachtmeisterin Janie Blake. Sie wird zusammen mit mir auf dem Revier arbeiten.“

„Hallo, alle miteinander“, sagte Janie. Sie hatte leuchtend rote Haare, lachte über das ganze Gesicht und wirkte ausgesprochen sympathisch.

Während alle sie begrüßten, sah Leon zu Paul hinüber. Er war ganz bleich geworden.

„Und das muss Wuff sein!“ Janie beugte sich runter zu dem Schäferhund, der unter dem Tisch kauerte und seinen Kopf auf Lisas Füße gelegt hatte. Als er Janie beschnüffelt und sie auf diese Weise überprüft hatte, wedelte Wuff mit dem Schwanz und ließ sich von ihr streicheln.

„Haben Sie auch Haustiere?“, fragte Lisa.

Janie lächelte. „Nur eine Schlange. Sie heißt Copper.“

„Eine Schlange!“, rief Lisa mit großen Augen.

„Du kannst mich ja mal besuchen und sie dir ansehen“, sagte Janie.

„Möchten Sie vielleicht zum Essen bleiben, Janie?“ Mrs Wilson schnitt gerade die Pizzas in Stücke. „Es reicht sicher für alle!“

„Eigentlich gerne“, erwiderte Janie, „aber ich bin im Dienst. Ich habe John nur zufällig beim Streifendienst getroffen.“ Zögernd ging sie zur Tür. „Wenn Jim herausfindet, dass ich während der Arbeit blau mache, wird er bestimmt ziemlich sauer.“

„Sie meint Wachtmeister Jim Thornton“, erklärte John Wilson. „Er ist der Leiter des Polizeireviers von Ellandale.“

„Sie ist wirklich nett“, sagte Lisa, als Janie sich verabschiedet hatte und gegangen war. „Aber eigentlich ist in diesem Ort jeder nett!“

„Hoffentlich nicht!“, meinte Leon und verzog das Gesicht. „Sonst haben Papa und Wuff ja gar nichts zu tun!“

Lisa streckte ihm die Zunge raus. „Wie ist denn Wachtmeister Thornton?“, wollte sie wissen.

„Er soll ein guter Polizist sein“, antwortete ihr Vater und nahm sich ein großes Stück Pizza. „Aber wahrscheinlich braucht er einige Zeit, um sich an Wuff zu gewöhnen.“

Als Leon kurz zu Paul hinübersah, traute er seinen Augen nicht. Die anderen hatten eben erst angefangen zu essen, da war Paul schon mit seinem ersten Stück Pizza fertig und griff bereits nach einem zweiten. Es sah so aus, als hätte er seit Tagen nichts gegessen.

Als Paul das vierte Stück Pizza verdrückt hatte, schob er seinen Teller zur Seite. „Vielen Dank, Mrs Wilson, das war großartig“, sagte er mit halb vollem Mund. „Jetzt muss ich aber los.“

„Willst du nicht noch bleiben und ein Stück von dem Apfelkuchen probieren?“, fragte Lisa. „Mrs Gibbs hat ihn für uns gebacken.“

Paul zögerte.

„Ja, bleib doch“, drängte Mrs Wilson. „Du hast uns auch noch nicht viel von deinen Eltern erzählt und auch nicht, wo du wohnst.“

Leon sah, wie unangenehm es Paul war, danach gefragt zu werden.

„Tut mir leid, aber ich muss wirklich gehen“, sagte er hastig. „Und noch mal danke.“ Er lief zur Tür und war verschwunden.

„Na ja“, meinte Lisa nur. „Das war ja ein recht merkwürdiges Verhalten.“

„Der arme Junge. Vielleicht hat er Ärger zu Hause.“ Mrs Wilson machte ein ernstes Gesicht und sagte dann zu ihrem Mann: „John, wir sollten jetzt lieber mit dem Auspacken weitermachen.“

„Mit diesem Paul stimmt etwas nicht“, flüsterte Leon seiner Schwester zu.

Lisa nickte. „Er wollte uns auf keinen Fall mehr von sich verraten.“

„Und als vorher Janie hereinkam, bekam er einen richtigen Schreck. Als hätte er ein Gespenst gesehen“, fügte Leon hinzu.

Lisa runzelte die Stirn. „Glaubst du, er steckt in Schwierigkeiten?“

Leon zuckte mit den Schultern. „Keine Ahnung. Aber vielleicht erfahren wir es ja morgen in der Schule.“

4

„Wie es Wuff heute wohl ergeht?“, fragte Leon, als er den Riemen seiner Schultasche über die Schulter streifte. „Schließlich ist es ja auch für ihn der erste Tag!“

Es war noch früh am Morgen und die Zwillinge gingen zusammen mit Julia von nebenan zur Schule.

Wachtmeister Wilson und Polizeihund Wuff hatten an diesem Tag Frühschicht und waren schon aus dem Haus gegangen, bevor Leon und Lisa überhaupt aufgestanden waren.

„Wuff wird es sicher Spaß machen!“, meinte Lisa, als sie die Dorfwiese überquerten. „Ist das nicht ein wunderschöner Morgen?“

Wie am Tag zuvor schien die Sonne und die Enten planschten übermütig im Dorfteich. In der

Ferne sahen sie die Berge des Peak Districts, die noch in dichte Nebelschleier gehüllt waren.

„Wartet nur, bis es Winter ist", sagte Julia, als sie am Schultor ankamen. „Da sind wir immer eingeschneit. Einmal konnten wir sogar drei Tage lang nicht zur Schule gehen!"

„Cool", meinte Leon.

Leon und Lisa hatten sich die Schule von Ellandale am Ende des letzten Schuljahrs schon einmal angesehen. Deshalb hatten sie das alte Backsteingebäude mit den roten Dachziegeln sofort wiedererkannt. Es wirkte ganz anders als ihr bisheriges Schulgebäude, das sehr modern und grau gewesen war.

„Was unsere früheren Klassenkameraden jetzt wohl machen?", fragte sich Lisa, als sie durch das Schultor gingen. „Am Wochenende könnten wir einigen E-Mails schicken."

Aber Leon hörte gar nicht zu. Am anderen Ende des Schulhofs hatte er etwas entdeckt. „Heh, Lisa, schau mal! Da sind ja Papa und Wuff!"

Und tatsächlich: Dort drüben standen Wachtmeister Wilson und sein Schäferhund. Der Vater der Zwillinge unterhielt sich gerade mit einer großen, dunkelhaarigen Frau. Sie trug eine Brille mit silbernem Gestell.

Lisa erkannte Mrs Mason, die Schulleiterin. Sie hatten sie kennengelernt, als sie sich vor den Ferien in der Schule umgesehen hatten.

„Was wollen die beiden denn hier?“, fragte Lisa verblüfft.

„Das werden wir gleich wissen!“ Leon rannte über den Schulhof. Lisa und Julia folgten ihm.

Wuff hatte die Zwillinge längst bemerkt, da er jedoch im Dienst war, reagierte er nur mit einem leichten Schwanzwedeln.

„... und natürlich werden wir unser Möglichstes tun, um der Sache auf den Grund zu gehen“, sagte ihr Vater gerade. Dann lächelte er. „Hallo, ihr beiden. Ich dachte mir schon, dass ich euch hier treffen würde. Hallo, Julia.“

„Hallo, Papa, was ist denn passiert?“, fragte Leon atemlos.

Er und Lisa fassten Wuff nicht an. Sie wussten, dass sie den Schäferhund nicht streicheln durften, wenn er im Dienst war. Er war im Augenblick nicht ihr Haustier, sondern der Polizeihund von Ellandale.

„Guten Morgen, Kinder“, grüßte Mrs Mason mit Nachdruck, so als hätte sie das Gefühl, von den Kindern nicht genug beachtetet zu werden. „Willkommen in der Ellandale Grundschule.“

Leon wurde rot. „Oh, guten Morgen, Mrs Mason“, murmelte er.

„Guten Morgen, Mrs Mason“, grüßten jetzt auch Lisa und Julia. Unweigerlich musste Lisa grinsen. Es schafften nicht viele Menschen, Leon zu bremsen, wenn er etwas herausfinden wollte.

Wachtmeister Wilson wandte sich wieder an die Schulleiterin. „Sie haben gesagt, dass Sie den Schülern von den Diebstählen erzählen werden, richtig?“

Mrs Mason nickte. „Ja, noch heute Morgen in der Schülerversammlung.“

„Dann ist es ja nicht schlimm, wenn ihr es schon jetzt erfahrt“, meinte der Wachtmeister. „Es scheint, dass ein Teil der Lebensmittel, die man gestern an die Schule geliefert hat, gestohlen wurde.“

„Was für Lebensmittel?“, wollte Leon wissen.

„Kekse und Milch für das Lehrerzimmer, Chips und Schokolade für den Pausenkiosk“, erwiderte Mrs Mason mit ernster Miene. „Das alles wurde gestohlen, während der Lieferwagen auf dem Schulhof parkte und der Fahrer gerade beim Abladen war.“

„Und Wuff und ich sind hier, um die Sache zu untersuchen“, erklärte Mr Wilson.

„Ich hoffe doch sehr, Sie finden den Dieb“, sagte Mrs Mason und schaute auf ihre Uhr. „Ich muss los. Der Unterricht beginnt in fünf Minuten.“ Sie wollte gerade gehen, drehte sich dann aber doch noch einmal um und fragte: „Vielleicht möchten Sie und Wuff einmal zu einer unserer nächsten Versammlungen kommen und selbst mit den Schülern reden?“ Mrs Mason warf einen Blick auf die Horde von Kindern, die sich um Wuff versammelt hatte. „Ich bin sicher, die Kinder würden das sehr spannend finden.“

„Das mache ich sehr gern“, antwortete Wachtmeister Wilson lächelnd. „Wie wäre es am Mittwoch? Würde es Ihnen da passen?“

Mrs Mason nickte zustimmend und lief dann eilig ins Schulgebäude.

Die Schüler waren inzwischen noch etwas näher gekommen, um Ellandales neuen Polizeihund zu begutachten. Wuff saß ganz brav neben seinem Herrchen. Er ließ sich durch das aufgeregte Geplapper der Kinder nicht aus der Ruhe bringen. Leon und Lisa grinsten sich an. Wuff sorgte immer für Aufsehen – egal, wo er auftauchte!

„Dürfen wir uns noch von Wuff verabschieden, Papa?", fragte Lisa, als die Schulglocke bereits läutete. Ihr Vater nickte.

Die Zwillinge knieten sich neben den Wachhund, um ihn zu kraulen. Sofort blickte dieser hoch zu Mr Wilson. Er wollte wissen, ob das in Ordnung ging, er war ja schließlich im Dienst. Als der Polizist ihm kaum merklich zunickte, wedelte Wuff freudig mit dem Schwanz. Er drückte sich an Lisa und rieb seinen Kopf wie ein verspielter Welpe an Leon.

Auch Julia streichelte den Polizeihund. „Wuff ist so schlau!", sagte sie voller Bewunderung, als sie über den Schulhof rannten, um sich in die Reihe zu stellen. „Ich wette, er hat diesen Dieb in null Komma nichts gefunden!“

„Ganz sicher!“, bekräftigte Leon, als sie sich zu den anderen Schülern stellten.

„Ich hoffe nur, der Dieb hat etwas von der Schokolade übrig gelassen, die wir hier in der Pause kaufen können!“ Lisa lachte.

Eine schlanke, braunhaarige Frau wartete, bis alle still waren. Es war Mrs Kendall, die neue Lehrerin der Zwillinge. Dem Mädchen, das ganz vorne in der Reihe stand, gab sie ein Zeichen, damit sie die anderen in ihr neues Klassenzimmer führte.

„Guten Tag, Leon, guten Tag, Lisa“, sagte sie lächelnd, als die beiden an ihr vorbeigingen. „Wie ich sehe, habt ihr euch schon mit Julia angefreundet. Wenn ihr wollt, könnt ihr drei nebeneinandersitzen.“

„Prima, danke!“, sagte Lisa.

Und Leon fragte: „Mrs Kendall, kann auch Paul Carter bei uns sitzen? Er ist auch neu in unserer Klasse.“

Die Lehrerin schaute ihn überrascht an. „Also in dieser Klasse ist er nicht“, sagte sie. „Du und Lisa seid in diesem Schuljahr die einzigen neuen Schüler.“

„Wie seltsam“, grübelte Leon, als sie einer nach dem anderen das Klassenzimmer betraten.

Auch Lisa war verwirrt.

„Tut mir sehr leid“, sagte Mrs Kendall. „Da müsst ihr euch geirrt haben.“

5

„Das mit Paul ist wirklich merkwürdig, oder?", wunderte sich Leon, als er und Lisa den Garten von Lark Cottage betraten. Sie hatten ihren ersten Schultag in Ellandale hinter sich gebracht, und im Großen und Ganzen war zum Glück alles glatt gegangen.

Lisa nickte. „Und ob das merkwürdig ist! Wie kann es sein, dass er nicht in die Ellandale Grundschule geht, wenn er jetzt hier im Dorf wohnt?" Sie machte die Haustür auf und musste plötzlich lachen.

„Hallo, Wuff! Na, du hast natürlich schon gehört, dass wir kommen, stimmt's?"

Wuff hatte gespannt hinter der Haustür gewartet. Als er die Zwillinge sah, bellte er vor Freude. Ungeduldig kratzte er mit den Pfoten über den

Teppich, bis Lisa und Leon endlich ihre Schultaschen abstellten und ihn an sich drückten.

„Papa muss zu Hause sein“, sagte Leon, als er Wuff kraulte.

„Nein, er ist noch zu einem Treffen gefahren, das auf einem anderen Polizeirevier stattfindet, und hat Wuff hier gelassen“, sagte Mrs Wilson, die gerade aus dem Wohnzimmer kam. „Hallo, ihr beiden. Wie war der erste Schultag?“

„Okay“, sagten Leon und Lisa im Chor.

Leon steckte seinen Kopf ins Wohnzimmer, um nachzusehen, wie weit seine Mutter mit dem Auspacken gekommen war. Dann stieß er einen bewundernden Pfiff aus. „Heh, Mama, das sieht ja super aus!“

Fast alle Umzugskartons waren schon ausgepackt, die Vorhänge aufgehängt und alle Möbel standen an Ort und Stelle. Enttäuscht war Leon nur, als er den Fernseher einschalten wollte, denn noch hatte niemand die Sender programmiert. Er folgte Lisa in die Küche, wo ihre Mutter gerade weitere Kartons auspackte. Das Radio lief und eine Sprecherin las die Nachrichten:

„Die Polizei ist zunehmend in Sorge wegen eines Jungen, der vor zwei Tagen aus seinem Zuhause in Buxton verschwunden ist …"

Da wurde die Radio-Meldung von Wuffs freudigem Gebell übertönt, denn er hatte gemerkt, dass Mrs Wilson die Leine brachte. „Papa sagte, ihr könnt Wuff ausführen, wenn ihr wollt."

Wuff spitzte bei dem Wort „ausführen" sofort die Ohren. Sein Schwanz trommelte auf den Teppich. Mit seinen großen braunen Augen sah er die beiden Geschwister bittend an: Sie sollten ihn endlich anleinen.

„Das heißt, wenn ihr mit Wuff jetzt gleich rausgeht, könnte ich eigentlich mitkommen und bei Dr. Fenwick vorbeisehen", meinte Mrs Wilson und schaltete das Radio aus. „Ich muss mit ihm noch besprechen, welche Patienten ich besuchen soll, wenn ich mit der Arbeit beginne."

Ihre Mutter sollte als neue Bezirkskrankenschwester für Ellandale und Umgebung arbeiten, doch sie trat ihre Stelle erst in ein paar Tagen an. „Und wenn ihr zurück seid, trinken wir Tee, in Ordnung?"

„Los, wir nehmen den gleichen Weg wie gestern!“, schlug Leon seiner Schwester vor, nachdem sie sich von ihrer Mutter verabschiedet hatten. „Vielleicht treffen wir wieder Paul.“

Lisa nickte. „Einverstanden.“

Sie liefen dieselbe Strecke ab und ließen Wuff auf der Wiese toben. Von Paul war aber nichts zu sehen.

Als sie schon wieder umkehren wollten, zog Lisa ihren Bruder plötzlich aufgeregt am Arm. „Schau mal, da drüben ist er ja!“

Tatsächlich. Nicht weit von ihnen lief Paul einen Feldweg entlang.

Leon rief so laut er konnte: „Paul! He Paul, warte doch mal!“

Paul sah sich um. Als er erkannte, dass es Leon und Lisa waren, blieb er stehen – allzu erfreut wirkte er allerdings nicht.

Leon fand, dass Paul ziemlich müde und dreckig aussah.

„Hallo!“, rief Lisa fröhlich. „Wir hatten gehofft, dass wir dich hier treffen. Wieso warst du denn heute nicht in der Schule?“

Paul blinzelte. „Oh, ich … ich konnte nicht kommen“, stotterte er.

„Und warum nicht?“, fragte Leon.

„Wir sind immer noch beim Auspacken“, antwortete Paul. Er blickte auf seine schmutzigen Turnschuhe hinunter. „Ich komme wahrscheinlich erst nächste Woche.“

„Aber in der Schule wissen sie gar nichts von dir“, fuhr Leon fort. Und obwohl er es nicht aussprach, hielt er nicht allzu viel von Pauls Entschuldigung, dass er wegen des Umzugs nicht in die Schule gehen konnte. Schließlich waren sie ja auch gerade erst umgezogen!

„Oh …“ Paul räusperte sich. „Da ist dann in der Schule wohl was schiefgelaufen … Aber hört mal, ich muss jetzt nach Hause.“

„Wir könnten ja mitkommen“, schlug Lisa vor, „und euch beim Auspacken helfen. Außerdem könnten wir Bobby kennenlernen und …“

„Nein“, fiel Paul ihr ins Wort. „Wir müssen heute noch einkaufen gehen. Wir haben überhaupt keine Zeit.“ Damit drehte er sich um und rannte los.

Leon stupste seine Schwester an. „Sollen wir hinter ihm her? Wuff könnte seine Fährte verfolgen!“

„Nein“, erwiderte Lisa. „Lass uns nach Hause gehen, sonst macht Mama sich noch Sorgen.“

„Aber irgendetwas stimmt da nicht. Ich bin mir ganz sicher“, murmelte Leon.

„Du bist einfach zu neugierig, das ist alles!“ Lisa grinste ihn an. „Trotzdem sollten wir vielleicht Papa von Paul erzählen.“

„Du hast Recht“, stimmte Leon ihr zu.

Um möglichst schnell nach Hause zu kommen, nahmen sie jetzt den Weg mitten durch das Dorf.

Als sie die Hauptstraße entlanggingen, sahen sie links vor sich das Polizeirevier. Davor stand ein etwas älterer Mann in Polizeiuniform und nahm einige Plakate vom Anschlagbrett herunter. Ein neues Plakat hielt er noch zusammengerollt unter dem Arm.

Lisa stieß Leon in die Seite. „Schau mal, da. Das könnte Wachtmeister Thornton sein, oder?“

„Das werden wir gleich wissen“, antwortete ihr Bruder.

Der Mann blickte auf, als die Zwillinge mit Wuff über die Straße auf ihn zurannten.

„Guten Tag. Sind Sie Wachtmeister Thornton?“, fragte Lisa.

Der Mann nickte.

Lisa strahlte. „Wir sind Leon und Lisa Wilson. Und das ist Wuff. Aber den müssten Sie ja schon kennen.“

„Oh, hallo“, antwortete Wachtmeister Thornton etwas schroff. „Euer Vater ist nicht hier. Er nimmt an einer Besprechung teil.“

„Ja, das wissen wir schon“, sagte Leon mit einem fröhlichen Lächeln. „Wir wollten Sie auch nur kurz begrüßen.“

Wachtmeister Thornton schien das nicht besonders zu interessieren. Er warf Wuff einen finsteren Blick zu und entfernte dann weiter die alten Plakate.

„Mögen Sie denn keine Hunde, Wachtmeister Thornton?“, wollte Leon wissen.

Lisa grinste in sich hinein, denn Wachtmeister Thornton war diese Frage sichtlich unangenehm. Doch Leon ließ sich nichts anmerken. Er hatte noch nie ein Problem damit gehabt, andere in Verlegenheit zu bringen.

„Ich finde, wir sind in Ellandale bisher ganz gut ohne Polizeihund zurechtgekommen", murmelte der Wachtmeister und entrollte endlich das Plakat, das er unter dem Arm getragen hatte.

Leon wollte gerade darauf antworten, als Lisa ihn anstieß.

„Leon!", rief sie aufgeregt. „Schau doch mal!"

Auf dem Plakat stand in großen Buchstaben:

VERMISST!

HABEN SIE DIESEN JUNGEN GESEHEN?

Darunter sah man das Foto eines Jungen. Es war Paul.

6

„Paul Carter verschwand vor zwei Tagen aus seinem Elternhaus in Buxton", las Lisa laut vor. „Paul ist zehn Jahre alt, hat braune Haare und blaue Augen. Hinweise auf seinen derzeitigen Aufenthaltsort nimmt jede Polizeidienststelle entgegen."

Nachdem Wachtmeister Thornton das Plakat mit Reißnägeln befestigt hatte, ging er zurück in das Polizeigebäude. Leon, Lisa und Wuff rannten hinter ihm her.

„Wachtmeister Thornton!", keuchte Leon.

„Was ist denn jetzt schon wieder?", seufzte der Wachtmeister und drehte sich ungeduldig um.

„Der Junge auf dem Plakat!", japste Leon. „Wir haben ihn gesehen!"

„Sogar zweimal!", ergänzte Lisa.

Wachtmeister Thornton sah die Kinder ungläubig an. „Seid ihr da ganz sicher?“, fragte er. In diesem Augenblick fuhr ein Polizeiauto auf den Vorplatz und hielt an.

„Da ist ja Papa!“, rief Lisa erleichtert. Ihr Vater würde ihnen bestimmt glauben. Schließlich war er ja Paul gestern selbst begegnet.

„Was gibt’s denn?“, wollte John Wilson wissen, als die Zwillinge und Wuff auf ihn zu stürmten, gefolgt von Wachtmeister Thornton.

„Papa!“, rief Lisa. „Dieser Junge, der vermisst wird – das ist Paul!“

„Wie bitte?“ Wachtmeister Wilson machte ein verwirrtes Gesicht, als er sich nach vorne beugte, um Wuff zu begrüßen. „Ich habe schon gehört, dass ein Junge vermisst wird, kenne aber die Einzelheiten noch nicht.“

„Schau mal da, Papa!“ Leon zeigte auf das Plakat. „Das ist Paul!“

Sein Vater machte große Augen. „Aber ja … tatsächlich! Das ist der Junge, der gestern bei uns Mittag gegessen hat. Dachte ich mir doch, dass mit ihm etwas nicht stimmt!“ Er wandte sich an seinen Kollegen Wachtmeister Thornton. „Was ist da passiert, Jim? Wie ist der Stand der Dinge?"

„Gestern Vormittag haben Pauls Eltern ihren Sohn in Buxton als vermisst gemeldet", erklärte Wachtmeister Thornton. „Sie nehmen an, dass er während der Nacht ausgerissen ist, denn sein Bett war unberührt."

„Weiß man, warum er weggerannt ist?", fragte Wachtmeister Wilson.

„Seine Eltern glauben, dass sein Hund der Grund für das Weglaufen sein könnte", erklärte Wachtmeister Thornton. „Pauls Eltern sind beide berufstätig. Und der Hund machte ihnen zu viel Arbeit. Außerdem hatten sie nur Ärger mit ihm, weil er alles kaputtgemacht hat. Sie haben ihn ins Tierheim gebracht, damit er dort neue Besitzer findet."

Leon warf seiner Schwester einen Blick zu.

„Bobby!", rief er. „Papa, Paul hat erwähnt, dass er einen Hund hat. Aber dass der weggegeben wurde, hat er nicht gesagt."

Wachtmeister Wilson schaute Leon und Lisa an. „Wann habt ihr Paul das letzte Mal gesehen?"

„Gerade vorhin“, erklärte Leon. „Als wir Wuff ausgeführt haben.“

„Dann führt mich bitte genau zu der Stelle“, sagte ihr Vater und nahm die Leine. „Wenn noch nicht allzu viel Zeit vergangen ist, kann Wuff vielleicht seine Witterung aufnehmen und die Spur verfolgen.“

„Heute Abend macht sich ein Suchtrupp auf den Weg“, fügte Wachtmeister Thornton hinzu.

Leon und Lisa sahen sich an. Sie wussten, dass die Polizei solche Suchaktionen oft in der Nacht durchführte. Dann waren weniger Leute unterwegs und den Polizeihunden war es eher möglich, die Witterung des Vermissten aufzuspüren.

Und noch etwas hatte ihr Vater ihnen einmal erklärt: Wenn Menschen wie Paul ausrissen und sich verängstigt und allein fühlten, dann strömte ihr Körper einen Geruch aus, den ein gut ausgebildeter Polizeihund wittern konnte.

„Also gehen wir gleich los.“ Wachtmeister Wilson machte sich auf den Weg und Wuff ging bei Fuß neben ihm her.

„Stell dir das mal vor – der rennt einfach von

zu Hause weg!“ Lisa durchlief ein Schauer, während sie die Hauptstraße von Ellandale entlangliefen. „Ich frage mich, wo Paul überhaupt geschlafen hat?“

„Na, bestimmt irgendwo da draußen“, antwortete Leon. „Kein Wunder, dass er vorhin so schmutzig und unordentlich ausgesehen hat.“

Dann schwiegen sie und gingen schneller, um ihren Vater und Wuff einzuholen.

„Paul ist vielleicht schon weitergezogen“, sagte Wachtmeister Wilson, als sie in den Feldweg einbogen, auf dem die Zwillinge den Jungen vorher getroffen hatten. „Aber wenn wir Glück haben, ist er noch irgendwo in der Gegend.“ Er ließ den Schäferhund von der Leine und sagte: „Such!“

Wuff rannte den Feldweg entlang, um immer wieder an den verschiedensten Stellen zu schnüffeln. Bei seiner Suche nach dem vermissten Jungen ließ er sich durch nichts mehr ablenken.

Wachtmeister Wilson, Leon und Lisa rannten hinterher.

Alle drei suchten, bis es allmählich dunkel wurde, doch von Paul war nichts zu sehen.

Schließlich gab Mr Wilson auf. „Kommt, ihr beiden“, rief er. „Wir gehen jetzt besser nach Hause. Eure Mutter wird sich schon wundern, wo wir bleiben. Und heute Nacht ist ja sowieso ein richtiger Suchtrupp unterwegs.“

„Der arme Paul.“ Lisa bekam eine Gänsehaut, als sie sich auf den Heimweg machten. „Es wird ziemlich kühl.“

„Ja, heute Nacht soll es sehr kalt werden.“ Ihr Vater machte ein besorgtes Gesicht. „Ich kann nur hoffen, dass wir Paul finden, bevor es zu spät ist.“

7

„Paul!“ Leon rief, so laut er konnte. „Wo steckst du?“

„Sei endlich still, Leon!“ Lisa hielt sich die Ohren zu. „Das bringt doch nichts!“

Am Nachmittag des nächsten Tages waren die Zwillinge kaum aus der Schule nach Hause gekommen, als es sie schon wieder nach draußen zog. Sie wollten Paul suchen. Der Suchtrupp, zu dem auch ihr Vater und Wuff gehört hatten, hatte in der letzten Nacht keine Spur des Jungen entdecken können.

Wenn also selbst Wuff nichts gefunden hatte, glaubte Lisa nicht, dass sie und Leon etwas ausrichten konnten. Aber Leon war hartnäckig geblieben: Er wollte es selbst noch mal versuchen, und so hatte Lisa – wie immer – nachgegeben.

„Irgendwo muss er doch sein!“, rief Leon aus.

„Natürlich“, erwiderte Lisa. „Aber wenn Paul weiß, dass alle ihn suchen, kommt er sicher nicht aus seinem Versteck.“

In der Schule war der verschwundene Junge heute Thema Nummer eins gewesen. Außerdem hatten Leon und Lisa eine Menge Leute zu Paul befragt. Seltsamerweise hatte ihn jedoch einfach niemand gesehen.

„Wenn ihn niemand bemerkt hat, dann muss er ein wirklich gutes Versteck haben“, staunte Leon. „Aber wo?“

Lisa schaute auf ihre Uhr. „Leon, wir müssen umkehren. Mama hat gesagt, wir sollen um sechs zu Hause sein. Und es wird auch schon dunkel.“ Sie seufzte. „Ich hoffe nur, Paul ist in Sicherheit und hat es einigermaßen warm.“

Leon nickte, auch wenn er das insgeheim für unwahrscheinlich hielt.

Als die Zwillinge nach Hause kamen, sahen sie zu ihrer Überraschung, dass Wachtmeister Thornton da war, mit ihren Eltern in der Küche saß und Tee trank.

„Ist Paul schon wieder aufgetaucht, Papa?", fragte Leon hoffnungsvoll.

„Leider nicht", erwiderte sein Vater. „Aber wir haben Hinweise entdeckt, die darauf hindeuten, dass jemand auf der Wiese hinter unserem Garten gelagert hat. Es sieht allerdings so aus, als sei derjenige längst weitergezogen. Trotzdem könnte es Paul gewesen sein."

Wuff lag unter dem Küchentisch. Ein Auge war offen, das andere geschlossen. Leon fiel auf, wie missmutig Wachtmeister Thornton den Hund beobachtete, während er langsam seinen Tee trank.

„Habt ihr noch etwas über den Hund von Paul herausgefunden?", wollte Lisa wissen.

Ihr Vater nickte nachdenklich. „Angeblich haben Pauls Eltern durch das Tierheim erfahren, dass Bobby von einer Frau hier aus Ellandale aufgenommen wurde."

„Deshalb kam Paul also hierher!", rief Leon.

„Hast du mit Bobbys neuer Besitzerin gesprochen, Papa?“

„Ja. Und ihr Name ist Mrs Castle“, antwortete Wachtmeister Wilson. „Wir haben sie befragt, weil es gut möglich ist, dass Paul sich in ihrer Nähe aufhält. Aber sie ist dem Jungen noch nicht begegnet.“

„Hast du Bobby gesehen?“, fragte Lisa.

„Ja, ich habe ihn gesehen, aber der Hund sah nicht allzu glücklich aus“, antwortete ihr Vater und seufzte. „Mir scheint, er vermisst den Paul ebenso sehr wie Paul ihn.“

„Und was passiert jetzt?“, fragte Leon.

„Für heute Nacht haben wir einige zusätzliche Polizeibeamte angefordert“, antwortete sein Vater. „Dann suchen wir weiter. So werden wir ihn hoffentlich bald aufspüren.“

„Hier auf dem Land ist so eine Suche schwierig. Es gibt so viele Verstecke“, sagte Wachtmeister Thornton, als er seinen Tee ausgetrunken hatte. „Wenn jemand nicht will, dass man ihn findet, ist man ziemlich machtlos.“

„Nun ja, immerhin haben wir Wuff, der uns

bei der Suche hilft." Mr Wilson bückte sich unter den Tisch und tätschelte seinem Schäferhund die Flanken.

Wachtmeister Thornton rümpfte seine Nase. „Na ja, Hunde mögen durchaus nützlich sein. Manchmal jedenfalls." Er stand auf. „Ich muss jetzt gehen. Danke für den Tee, Mrs Wilson."

„Er ist ein bisschen brummig, oder?", flüsterte Lisa, als ihre Mutter Wachtmeister Thornton zur Tür brachte. „Und Tiere scheint er nicht besonders zu mögen!"

Ihr Vater begann die leeren Tassen wegzuräumen. „Ich glaube, er ist gegenüber Veränderungen einfach etwas misstrauisch. Das ist alles."

„Papa, kommst du mit Wuff morgen zu unserer Schülerversammlung?", fragte Lisa. „Oder hast du zu viel zu tun?"

„Oh, wir werden kommen", antwortete ihr Vater. „Das wird ja nicht so lange dauern. Außerdem ist es eine gute Gelegenheit, um nachzufragen, ob vielleicht einer der Schüler Paul gesehen hat."

„Ach, übrigens … was ist denn eigentlich mit

dem Dieb in unserer Schule, Papa?“, fragte Leon, der sich plötzlich an die gestohlenen Lebensmittel erinnerte. „Gibt es da schon eine Spur?“

Wachtmeister Wilson schüttelte bedauernd den Kopf. „Nein, leider nicht. Aber die Sache mit Paul ist zunächst viel wichtiger.“

„Immer wieder muss ich an den armen Jungen denken. Der ist jetzt irgendwo da draußen, ganz allein“, sagte Mrs Wilson, als sie in die Küche zurückkam. „Es ist einfach furchtbar.“

8

„Wuff ist ein sogenannter Polizeihund zur allgemeinen Verwendung“, begann Wachtmeister Wilson. „Er hilft uns sowohl bei der Verbrecherjagd als auch dabei, vermisste Menschen oder Gegenstände aufzuspüren.“

Lisa stupste Leon mit dem Ellbogen an und beide beobachteten voller Stolz, wie Wuff absolut ruhig und reglos neben ihrem Vater saß. Wachtmeister Wilson hatte darum gebeten, dass diese Versammlung im Freien stattfinden sollte. So konnte er Wuffs Fähigkeiten viel besser vorführen. Zum Glück war es ein warmer, sonniger Tag. Deshalb saßen die Schüler nun in mehreren Reihen auf dem Sportgelände hinter der Schule.

„Es gibt auch andere Polizeihunde, die für ganz spezielle Aufgaben abgerichtet werden“, erklärte der Wachtmeister. „Manche spüren Sprengstoff auf, andere suchen Drogen. Jeder Polizeihund beginnt mit einer Grundausbildung, so wie jeder gewöhnliche Hund auch." Dann führte Mr Wilson vor, wie Wuff auf Kommando Platz machte, wieder aufstand, rannte, bei Fuß ging, einen geworfenen Ball zurückbrachte und so weiter.

„Ein Deutscher Schäferhund ist gleich aus mehreren Gründen ein idealer Polizeihund", erklärte Mr Wilson weiter. „Diese Tiere haben extrem geschärfte Sinne. Ihnen entgeht nichts von dem, was um sie herum passiert."

Alle lachten, als Mrs Mason hustete und Wuff sofort die Ohren spitzte.

Wachtmeister Wilson führte Wuff von den Kindern weg, befahl ihm, sich auf den Rasen zu legen und entfernte sich dann von ihm.

„Ich möchte euch nun vorführen, wie gut so ein Wachhund hört. Dazu müsst ihr euch allerdings absolut ruhig verhalten!"

Alle sind so still, dass man eine Stecknadel fallen hören könnte, dachte Leon und grinste. Die Vorführung mit Wuff war ein voller Erfolg!

„Wie ihr seht, stehe ich nun etwa sechzig bis siebzig Meter von Wuff entfernt“, sagte Wachtmeister Wilson. Dann senkte er seine Stimme und sprach so leise, dass selbst die Schüler in nächster Nähe kaum etwas hören konnten. „Platz, Wuff.“

Wuff setzte sich sofort ins Gras und beobachtete aufmerksam sein Herrchen.

„Auf“, flüsterte Mr Wilson und Wuff stand auf. Wie gebannt sahen alle zu. Die Schüler wagten kaum zu atmen, um Wuff ja nicht zu stören.

„Sitz.“ Sofort setzte Wuff sich wieder. Mr Wilson lächelte, als er die erstaunten Gesichter der Schüler sah. „Das nennt man Fernkontrolle. Jetzt wisst ihr, wie gut sein Gehör ist!“

Die ganze Schule applaudierte, als Wuff gehorsam zu seinem Herrchen zurücklief.

„Und nun zeigt euch Wuff noch einige ganz besondere Kunststücke.“ Wachtmeister Wilson sah fragend zur Lehrerin der Zwillinge hinüber. „Mrs Kendall, würden Sie sich bitte kurz zur Verfügung stellen?“

Die Lehrerin machte ein überraschtes Gesicht. „Aber sicher“, willigte sie ein.

„Ich gehe jetzt mit Wuff ans andere Ende des Sportgeländes“, erklärte Mr Wilson. „In der Zwischenzeit verstecken Sie sich bitte hinter dem Schulgebäude, sodass Sie nicht mehr zu sehen sind.“

Dann marschierte er mit Wuff eilig davon. Auch Mrs Kendall verschwand schnell hinter dem Schulgebäude. Als sie nicht mehr zu sehen war, brachte der Wachtmeister seinen Hund zu den Kindern zurück.

„Auf diese Weise suchen wir Vermisste oder Verbrecher“, erklärte er. „Such, Wuff!“

Wuff war sofort in Alarmbereitschaft, jeder Muskel seines Körpers war gespannt. Er hob seine Schnauze, nahm die Witterung auf und rannte dann mit voller Geschwindigkeit zum Schulgebäude. Während alle ihre Hälse reckten, um ja nichts zu verpassen, blieb Wuff an einer Ecke des Gebäudes stehen und begann laut zu bellen.

„Gut gemacht, Wuff!“, lobte sein Herrchen. „In Ordnung, Mrs Kendall, Sie können wieder hervorkommen.“

„Da bin ich ja froh, dass ich kein Verbrecher bin!“ Mrs Kendall lachte, als sie zu ihrer Klasse zurückkam.

Mr Wilson lächelte. „Wie ich ja schon sagte, sucht Wuff nicht nur Menschen, sondern auch Gegenstände aller Art. Mrs Mason, würden Sie uns vielleicht Ihr Halstuch leihen?“

„Natürlich“, antwortete die Schulleiterin und löste das blaue Seidentuch von ihrem Hals.

Der Wachtmeister ging mit dem Tuch über das Sportgelände und hängte es außer Sichtweite an den Ast eines großen Baums. „Nun werden wir sehen, ob Wuff es finden kann!“, sagte er.

Alle schauten gespannt, als Wuff auf das Sportgelände geschickt wurde. Schon nach wenigen Sekunden rannte er geradewegs auf den Baum zu. Und kaum hatte er ihn erreicht, fing er gleich an zu bellen.

Wieder gab es kräftigen Applaus und besonders stolz klatschten Leon und Lisa. Wuff hatte es erneut geschafft!

Ihr Vater erklärte, dass Wuff darauf trainiert war, Menschen an ungewöhnlichen Orten aufzuspüren. „Wenn sich an einem Ort allerdings zu viele Menschen befinden, wird es für einen Hund unmöglich, einem ganz bestimmten Geruch zu folgen. Deshalb habe ich das Tuch dort drüben aufgehängt, weit weg von euch allen."

Dieses Kunststück wurde noch einige Male wiederholt – einmal mit der Armbanduhr eines Lehrers, dann mit einer Münze. Wuff konnte alles problemlos finden. Danach hatte jeder die Möglichkeit, Wachtmeister Wilson Fragen zu stellen. Als diese schließlich alle beantwortet waren, klingelte es auch schon zur großen Pause.

Mrs Mason dankte Mr Wilson, dass er in die Schule gekommen war. „Bevor ihr nun in die Pause geht, möchte euch Wachtmeister Wilson noch etwas fragen", fügte sie hinzu. „Es geht um Paul Carter, den verschwundenen Jungen."

Leon und Lisa warfen sich einen Blick zu.

„Sicher sind euch allen schon die Plakate im Dorf aufgefallen", begann Wachtmeister Wilson. „Paul wurde in der Nähe von Ellandale gesehen. Wenn ihm also jemand von euch in den letzten Tagen auch begegnet ist, sagt es mir bitte. Es ist sehr wichtig.“ Er ließ seinen Blick über die Schüler schweifen, die sofort aufgeregt miteinander tuschelten, doch keiner meldete sich.

„Hm, na gut.“ Leon seufzte, als die Schüler aufgestanden waren und eine Klasse nach der anderen auf den Pausenhof gegangen war. „Vielleicht findet die Polizei Paul heute ja auch so.“

„Hoffentlich“, meinte Lisa.

„Geht nun bitte auch alle in die Pause!“, rief Mrs Kendall, die heute Hofaufsicht hatte, ihrer Klasse zu.

Nachdem Wachtmeister Wilson im Lehrerzimmer noch eine Tasse Kaffee getrunken hatte, kam auch er auf den Pausenhof – zusammen mit Wuff. Sofort drängten sich die Schüler um den Polizeihund. Alle wollten ihn streicheln und Wuff ließ es bereitwillig über sich ergehen.

Nur zu gerne wären Leon und Lisa dazugestoßen, um selbst ihren Wuff zu kraulen, aber heute, so beschlossen sie, sollten ausnahmsweise ihre Mitschüler den Vortritt haben. Erst als es klingelte und alle sich in einer Reihe aufstellten, rannten sie hinüber, um Wuff schnell zu streicheln.

„Du warst großartig, Wuff!“, lobte Lisa.

Wuff freute sich sehr, die beiden zu sehen. Aufgeregt wedelte er mit dem Schwanz und drückte sich immer wieder an die Zwillinge.

„Ihr stellt euch jetzt lieber auch in die Reihe“, meinte ihr Vater. „Wuff und ich werden uns nun wieder dem Suchtrupp anschließen.“

„Viel Glück!“, wünschte Leon und gab Wuff einen liebevollen Klaps. Doch der Polizeihund schenkte ihm kaum Beachtung. Stattdessen fing er an, intensiv zu schnüffeln und sich aufmerksam umzusehen.

Die Zwillinge rannten hinüber zu ihrer Klasse. Als sie jedoch ein kurzes scharfes Bellen hörten, drehten sie sich neugierig um. Wuff stand ganz aufgeregt vor einem alten, ziemlich heruntergekommen aussehenden Schuppen, der neben dem Schulgebäude stand.

„Mrs Kendall, was befindet sich denn in diesem Schuppen?“, rief Wachtmeister Wilson verwundert.

„Hm, eigentlich nichts“, antwortete Mrs Kendall. Sie bat einen anderen Lehrer, ihre Klasse ins Klassenzimmer zu begleiten, und eilte dann hinüber zu Mr Wilson.

Leon und Lisa folgten ihrer Lehrerin. Auf keinen Fall wollten sie jetzt etwas verpassen.

„Wir benutzen den Schuppen kaum noch“, erklärte Mrs Kendall. „Darin werden nur noch ein paar alte Turngeräte aufbewahrt, das ist alles.“

Wuff kratzte an der Schuppentür und bellte immer lauter und aufgeregter.

Wachtmeister Wilson untersuchte das Schloss. „Das wurde aufgebrochen“, stellte er fest. „Ich glaube, ich schaue besser mal rein.“

Leon und Lisa wagten kaum zu atmen, als die Tür knarrend geöffnet wurde. Neugierig spähten sie hinein.

„Schaut mal, da!“ Leon deutete auf den Boden. Überall lagen Schokoladenpapierchen, leere Chipstüten und Milchpackungen.

Wuff zog sein Herrchen zu einigen aufeinandergestapelten und ganz verstaubten Turngeräten. Plötzlich war dahinter ein Geräusch zu hören.

Dann kam ein Junge zum Vorschein, der schüchtern ins Tageslicht blinzelte.

Wie aus einem Mund riefen Leon und Lisa: „Paul!“

9

„Ich wollte Bobby suchen“, murmelte Paul, während er Fischstäbchen, Pommes frites und Erbsen verdrückte. „Nur deshalb bin ich weggerannt.“

Nachdem Wuff den Jungen aufgespürt hatte, war alles sehr schnell gegangen. Wachtmeister Wilson hatte das Polizeirevier angefunkt, um seinen Kollegen zu sagen, dass Wuff Paul glücklicherweise gefunden hatte und man die weitere Suche abblasen konnte. Dann rief er Pauls Eltern an und teilte ihnen mit, dass sie ihren Jungen bei den Wilsons im Lark Cottage abholen konnten.

Dort saß Paul nun neben Wuff, schlug sich erst einmal den Bauch mit leckerem Essen voll und berichtete den Wilsons in allen Einzelheiten, was genau passiert war.

Leon und Lisa hatten in der Schule so lange gebettelt, bis sie mit Paul zusammen nach Hause gehen durften. Zum Glück war es nicht mehr lange bis zur Mittagspause gewesen. Deshalb hatten Mrs Mason und Mrs Kendall die beiden schließlich gehen lassen – aber nur unter der Bedingung, dass sie pünktlich zum Nachmittagsunterricht wieder in der Schule wären.

Neugierig und gespannt hörten die Zwillinge sich jetzt Pauls Geschichte an.

„Aber wieso haben deine Eltern Bobby denn weggegeben?“, wollte Leon wissen.

Paul kamen die Tränen.

„Erzähl uns doch, was passiert ist, Paul“, bat nun auch Mr Wilson.

Paul schluckte. „Na ja, wir hatten Bobby aus einem Tierheim geholt“, begann er. „Er ist wirklich ein toller Hund, und ich liebe ihn über alles, aber er ist sehr schlecht erzogen. Er hat alles im Haus angenagt, Schuhe, Stuhlbeine, einfach alles. Er hat immer wieder unsere Schränke und Türen zerkratzt und die Teppiche kaputtgemacht. Dann fingen auch noch die Nachbarn an, sich zu beschweren, weil Bobby die ganze Zeit gebellt hat.“

„Und da haben ihn deine Eltern einfach wieder ins Tierheim abgeschoben?“, fragte Leon empört. Doch er war sofort still, als er die warnenden Blicke seiner Eltern auffing.

„Sie wollten das eigentlich nicht tun“, erklärte Paul traurig. „Auch sie hatten Bobby gern, aber sie meinten, wir kämen mit so einem wilden Hund einfach nicht zurecht.“

Leon öffnete den Mund, um etwas zu sagen, aber Lisa puffte ihn in die Seite und so ließ er es sein.

„Also haben wir Bobby ins Tierheim zurückgebracht“, erzählte Paul mit Tränen erstickter Stimme. „Meine Mutter bat die Leute dort, uns zu sagen, wenn sie für Bobby ein gutes Zuhause gefunden hätten. Auf diese Weise erfuhren wir später, dass jemand in Ellandale Bobby aufgenommen hatte.“

„Und dann bist du ausgerissen und nach Ellandale gekommen, um deinen Bobby zu suchen“, stellte Mr Wilson fest. Er hatte offensichtlich viel Verständnis für den Jungen.

Paul nickte. „Ja, vor vier Tagen habe ich den

Bus hierher genommen und seitdem Bobby überall gesucht. Ich will ihn einfach wiedersehen ..." Er biss sich auf die Lippen, um nicht erneut in Tränen auszubrechen.

Für eine kurze Zeit schwiegen alle im Raum. „Ich dachte, in dem alten Schuppen neben dem Schulgebäude würde mich keiner suchen", erzählte Paul weiter. „Ich hatte gehofft, dass alle denken würden, dass ich mich eher außerhalb des Dorfes verstecken würde."

„Ja, das dachten wir tatsächlich", bestätigte Leon. „Und hätten wir Wuff nicht gehabt, würdest du dich noch immer dort verstecken – ganz allein und mit knurrendem Magen!"

Paul lächelte unsicher, dann nickte er. „Ich sah den Schuppen, als ich mir die Milch und die Chips und die Schokolade besorgte", erklärte er. Dann schaute er hinüber zu Wachtmeister Wilson und wurde rot. „Ich habe noch nie was gestohlen, ehrlich. Aber ich hatte solchen Hunger ..."

„Mach dir deswegen keine Sorgen", beruhigte ihn Mr Wilson. „Das werden wir schon irgendwie klären."

Da hörten sie, dass draußen ein Auto vorfuhr.

Paul wurde bleich. „Das sind bestimmt meine Eltern. Die werden ganz schön wütend auf mich sein – ganz sicher!“

„Abwarten“, sagte Wachtmeister Wilson. „Ich vermute, dass sie erst einmal sehr froh sein werden, dass dir nichts passiert ist.“

Paul schluckte und nickte, obwohl ihm noch immer mulmig war. Mr Wilson stand auf und ging zur Tür. Sofort sprang auch Wuff auf und folgte seinem Herrchen, wobei er die Schnauze hob und aufmerksam schnüffelte.

„Du solltest deine Eltern doch noch einmal fragen, ob du deinen Hund nicht wiederbekommen kannst!“, meinte Leon zu Paul.

Paul schüttelte den Kopf. „Nein, das ist unmöglich“, seufzte er. „Außerdem hat Bobby ja ein neues Zuhause.“

„Psst!“, zischte Lisa. „Was ist denn das?“

Alle horchten angestrengt.

Wuff war schon an der Haustür und beschnüf-
felte nun ganz interessiert den unteren Türspalt. Dann bellte er kurz auf. Sofort folgte von drau-

ßen ein Kratzen und Winseln, dann ertönte ein Bellen.

„Heh, da draußen ist ja ein anderer Hund …“, begann Leon.

Aber da war Paul schon aufgesprungen. „Das ist Bobby!“, rief er erfreut.

10

Als Wachtmeister Wilson die Tür öffnete, wirbelte ein zotteliges braunes Etwas herein. Es war ein kleiner Hund, der nur ganz kurz anhielt, um Wuff freundschaftlich zu beschnuppern. Schließlich raste er mit wildem Gebell durch den Flur.

Paul rannte ihm bereits entgegen und rief freudig: „Bobby!“

Der Hund sprang in seine Arme und kläffte vor Freude.

Man sah Paul an, dass er nicht recht wusste, ob er nun lachen oder weinen sollte. „Mensch, was machst du denn hier?“, brachte er nur heraus.

Während Paul seinen Hund an sich drückte, betraten nun auch ein Mann und eine Frau das Haus. Sie blieben kurz stehen, um mit Wachtmeister Wilson zu reden.

Leon vermutete, dass es Pauls Eltern waren. Aber wieso hatten sie Bobby dabei?

„Paul!" Mrs Carter strahlte über das ganze Gesicht, als sie ihren Sohn erblickte. Gleichzeitig sahen sie und Mr Carter blass und übermüdet aus, so als hätten sie in den letzten Tagen überhaupt nicht geschlafen. „Wir hatten ja solche Angst um dich!"

„Es … es tut mir leid", war alles, was Paul sagen konnte. Doch das interessierte seine Eltern gar nicht. Überglücklich nahmen sie ihren Sohn in den Arm und drückten ihn fest an sich. Leon und Lisa standen freudestrahlend dabei. Bobby hörte gar nicht mehr auf zu bellen – und auch Wuff stimmte immer wieder mit ein.

„Nehmen Sie doch bitte Platz", sagte Mrs Wilson und lächelte. „Ich werde den Wasserkessel aufsetzen und schnell Tee kochen."

Mit Tränen in den Augen ließ sich Mrs Carter auf den nächsten Stuhl fallen. Noch immer hatte sie einen Arm um Paul gelegt, der seinerseits Bobby gar nicht mehr loslassen wollte.

„Hättest du uns doch nur gesagt, wie sehr du

Bobby vermisst!“, sagte Mrs Carter zu ihrem Sohn. „Wir hätten ihn aus dem Tierheim zurückgeholt. Aber einfach wegzurennen …“

„Es tut mir so leid“, wiederholte Paul. Jetzt erst wurde ihm klar, wie viele Sorgen seine Eltern sich um ihn gemacht hatten, und er schämte sich.

„Wir haben Bobby doch auch vermisst!“, sagte Mr Carter. „Obwohl er ja wirklich sehr ungezogen ist!“

Paul sah immer noch ganz benommen aus. „Aber, Mama, wieso ist Bobby überhaupt hier?“, wollte er wissen, während der kleine Hund ihm munter das Gesicht ableckte.

„Nun ja, wir haben heute Morgen im Tierheim angerufen und nachgefragt, ob wir Bobby vielleicht zurückhaben könnten“, erklärte Mrs Carter. „Da stellte sich heraus, dass Mrs Castle, bei der Bobby nun lebte, nur wenige Stunden zuvor angerufen hatte. Sie hatte gesagt, dass Bobby bei ihr nichts fressen wollte und dass sie fürchtete, der Hund würde sich vor lauter Heimweh nicht an sie gewöhnen.“

„Deshalb war Mrs Castle auch gerne bereit,

uns Bobby wieder zurückzugeben." Pauls Vater lachte glücklich.

Paul machte große Augen. „Heißt das etwa … Bobby gehört wieder uns?"

„Na, aber sicher!", bestätigte seine Mutter.

„Super!", riefen Lisa und Leon, während es Paul vor Freude die Sprache verschlagen hatte. Er drückte Bobby noch fester an sich und vergrub sein Gesicht in dem zotteligen Fell.

„Sie sollten mit Bobby jede Woche einmal in eine Hundeschule gehen", schlug Leon vor. „Damit er lernt zu gehorchen und nicht mehr so viel Ärger macht."

Mr und Mrs Carter sahen ihn an und nickten.

„Dazu haben sie uns im Tierheim auch geraten", sagte Pauls Vater. „Irgendwie kamen wir bisher nur nie dazu. Aber jetzt werden wir das ganz sicher nachholen!"

„Oh, das ist ja genial!", rief Paul, der seine Stimme wiedergefunden hatte. Er beugte sich vor, um dem Schäferhund über den Kopf zu streicheln. „Vielen Dank, Wuff!"

Einige Tage später, es war Samstag und Polizeihund Wuff hatte dienstfrei, machten Lisa und Leon mit ihm einen Spaziergang durch Ellandale.

Alles hatte ein gutes Ende gefunden. Paul und Bobby waren wieder zu Hause. Und Wuff war nun in ganz Ellandale als der Hund bekannt, der den vermissten Jungen gefunden hatte. Er war eine richtige Berühmtheit geworden.

„Zum Glück hat unser Wuff den Fall übernommen!“, meinte Leon und strich dem Hund über das dichte Fell. „Ohne ihn hätte man Paul vielleicht noch ewig suchen müssen.“

Doch Lisa hörte ihm gar nicht zu. Stattdessen packte sie Leon am Arm. „Schau mal – ist das dort nicht Wachtmeister Thornton?“

Vor sich sahen sie eine Reihe Steinhäuser mit kleinen Vorgärten, in denen die verschiedensten Blumen blühten. Und in dem Vorgarten ganz am Ende der Reihe stand tatsächlich Wachtmeister Thornton. Er war offenbar damit beschäftigt, einige weiße Rosenbüsche zu beschneiden.

„Hier wohnt er also!“, flüsterte Leon.

„Oh, sehr schlau kombiniert, Sherlock Holmes!“, neckte Lisa ihn. „Komm, sagen wir ihm Guten Tag!“

„Wieso?“, wollte ihr Bruder wissen. „Er mag uns doch gar nicht.“

„Ja, aber da Wuff nun ein Held ist, muss er einfach nett zu uns sein!“, erwiderte Lisa mit einem Augenzwinkern. „Einen guten Tag, Wachtmeister Thornton!“

Der Polizist machte kein sonderlich erfreutes Gesicht, als er die beiden erkannte. Er nickte nur mürrisch und schnitt dann weiter seine Rosen.

„Ganz Ellandale redet von Wuff, Mr Thornton!“, rief Lisa über den Zaun. „Es wird sogar ein Artikel über ihn in der Zeitung erscheinen!“

Wachtmeister Thornton zwang sich zu einem Lächeln. „Ach wirklich?“, brachte er nur heraus. „Nun ja, er hat ganz gute Arbeit geleistet – dafür, dass es sein erster Einsatz hier war. Ich habe jetzt aber gar keine Zeit. Muss weitermachen.“ Damit drehte er sich um und ging ins Haus.

„Schade, aber er hat anscheinend nicht viel für Wuff übrig“, sagte Lisa, als sie sich wieder auf den Weg machten.

„Ach, lass Wuff noch ein paar andere Fälle lösen, dann wird auch der alte Griesgram seine Meinung ändern!“, meinte Leon.

„Blacky! Blacky! Komm, komm, komm!“

Leon und Lisa blieben stehen und sahen sich an.

„Das ist doch Wachtmeister Thornton!“, flüsterte Lisa. „Wen ruft er denn da?“

Vorsichtig gingen sie zurück bis zur Hecke des Nachbargartens und spähten hindurch. Wachtmeister Thornton war eben aus dem Haus gekommen und hielt einen gut gefüllten Fressnapf in der Hand. Er schien im Garten jemanden zu suchen.

„Blacky! Mittagessen!“, rief er.

Da sahen Leon und Lisa eine große schwarze Katze mit glänzendem Fell, die hinter einem Lavendelbusch hervorkam. Gähnend stolzierte sie über den Rasen zu ihrem Napf.

„Na, schmeckt es dir, mein kleiner, süßer Liebling?“, schmeichelte Wachtmeister Thornton, als die Katze zu fressen begann. Dann kniete er sich nieder, um sie liebevoll zu streicheln.

Leon und Lisa sahen einander an und mussten sich beherrschen, um nicht auf der Stelle loszukichern.

„Wer hätte das gedacht!“, flüsterte Lisa. „Unser ruppiger Wachtmeister Thornton hat in Wirklichkeit ein weiches Herz!“

Leon grinste. „Ich bin ja so froh, dass wir hierher gezogen sind“, sagte er. „Das Leben hier in Ellandale wird ganz sicher toll werden, nicht wahr, Wuff?“

Da wedelte Wuff mit dem Schwanz und bellte zustimmend.

Kommissar Wuff rettet das Fußballturnier

Aus dem Englischen
von Reinhard Schweizer

1

„Tor! Tor!“ Leon Wilson riss vor Begeisterung die Arme hoch, zog sein T-Shirt aus, schwenkte es über seinem Kopf und drehte im Garten eine Ehrenrunde.

Wuff, der Schäferhund der Wilsons, rannte ihm nach, wobei er wie verrückt mit seinem buschigen Schwanz wedelte.

„Pass lieber mal auf, wo du hinrennst“, sagte Leons Zwillingsschwester Lisa, als sie den Ball aus einem Blumenbeet holte. „Oder du landest noch im Teich!“

„Das war ein super Tor, nicht wahr, Wuff?“ Leon kraulte Wuff am Hals und seine Finger versanken in dem dichten Fell. „Wenn ich groß bin, werde ich für die Nationalmannschaft spielen!“

„Quatschkopf!“ Lisa lachte, als sie den Ball zu den beiden leeren Blumentöpfen trug, die ihr Tor markierten. „Na los, jetzt stehst du im Tor.“

„Bitte! Nur noch ein Schuss!“, bettelte Leon.

Lisa grinste und kickte ihrem Bruder den Fußball zu.

Sofort jagte Wuff mit heraushängender Zunge hinterher und versuchte eifrig den Ball mit seiner Schnauze von Leon wegzustupsen.

„Wuff!“, rief Leon empört, aber dann musste er unweigerlich lachen. Wuff sah einfach zu komisch aus!

„Vielleicht wirst nicht du, sondern Wuff später einmal in der Nationalmannschaft spielen!“, witzelte Lisa.

„Auf jeden Fall ist es doch prima, wenn man so viel Platz zum Fußballspielen hat!“, sagte Leon und betrachtete den großen Garten hinter ihrem Haus.

In der Ferne sah er das hügelige Land des Peak Districts, das sich bis zum Horizont erstreckte. „Unser alter Garten war nicht mal halb so groß.“

Leon und Lisa wohnten erst seit wenigen Wochen in ihrem neuen Haus, das in einem kleinen Dorf namens Ellandale lag. Sie waren mit ihren Eltern hierher gezogen, weil ihr Vater, der Polizist war, auf das Revier von Ellandale versetzt worden war. Wachtmeister John Wilson war jedoch kein gewöhnlicher Polizist. Er war Ausbilder für Polizeihunde. Und so war auch Wuff kein gewöhnlicher Hund. Wuff war Wachtmeister Wilson schon als Welpe anvertraut worden und dann zur Verbrechensbekämpfung ausgebildet worden. Hier in Ellandale arbeitete Wuff eng mit seinem Ausbilder zusammen.

In dem Jahr, seitdem Wuff bei den Wilsons lebte, war er zu einem heiß geliebten Familienmitglied geworden.

„Nicht für alle Schokolade der Welt würde ich wieder in der Stadt wohnen wollen!“, verkündete Leon, als er den Ball sorgfältig vor sich auf den Rasen legte. „Ich finde es einfach klasse hier in Ellandale!“ Er trat einige Schritte zurück und sagte dann: „Übrigens, Lisa, hast du von dem Fußballspiel gehört, das demnächst in Ellandale stattfinden soll?“

„Was für ein Fußballspiel?“, fragte Lisa und

bemühte sich, nicht zu grinsen. Wuff hatte den Ball unbemerkt von der Stelle weggestupst, an der Leon ihn sich zurechtgelegt hatte.

„Ein paar Kinder in der Schule haben davon geredet", fuhr Leon fort. „Ich glaube, es muss ein besonderes Spiel sein."

„Wir können ja Julia fragen", schlug Lisa vor. Julia Gibbs, die im Nachbarhaus wohnte, war ihre beste Freundin in Ellandale geworden.

„Gute Idee", nickte Leon und nahm Anlauf, um den Ball ins Tor zu schießen. Aber da der Fußball gar nicht mehr an der richtigen Stelle lag, trat Leon ins Leere und wäre beinahe nach hinten gefallen.

Leon sah sich um und entdeckte den Ball sofort. Er lag vor Wuff, der Leon mit seinen großen, treuen Hundeaugen ansah und vergnügt mit dem Schwanz wedelte.

„Wuff!", stöhnte Leon.

„Gut gemacht, Wuff!", rief jemand von der anderen Seite des Zauns.

Im Garten nebenan stand Julia Gibbs. Sie winkte und Wuff rannte sofort auf sie zu. Der

Hund stellte sich auf die Hinterbeine und legte seine Vorderpfoten auf den Zaun, sodass Julia seinen Kopf streicheln konnte.

„Hallo, Wuff!“ Julia kraulte sein Fell. „Du bist ja ganz schön schlau!“

„Komm doch rüber und spiel mit uns Fußball!“, rief Leon.

„Geht nicht“, seufzte Julia. „Wir fahren gleich einkaufen und …“ Sie konnte nicht weiterreden, denn neben ihr begann es wie verrückt zu kläffen. Julia verzog das Gesicht. „Felix, sei still!“

Leon und Lisa grinsten einander an. Julias Terrier Felix war wirklich eine Nervensäge.

Das Kläffen wurde noch lauter. Julia beugte sich hinunter, nahm Felix auf den Arm und hielt ihn über den Zaun, sodass Wuff und er sich beschnüffeln konnten.

„Nächste Woche müsst ihr unbedingt zum Fußballspiel kommen. Der FC Ellandale spielt gegen Blauweiß Turnham“, sagte Julia, die nur mit Mühe verhindern konnte, dass Felix zu Wuff hinüberkletterte. „Es ist wirklich ein großes Ereignis. Das ganze Dorf wird hingehen.“

„Das muss das Fußballspiel sein, von dem die Kinder in der Schule erzählt haben“, sagte Leon sofort.

„Turnham ist das Nachbardorf, nicht wahr?“, wollte Lisa von ihrer Freundin wissen.

Julia nickte. „Wahrscheinlich habt ihr es noch nicht bemerkt, weil ihr hier neu seid. Aber Ellandale und Turnham versuchen sich ständig gegenseitig zu übertrumpfen.“

Leon machte große Augen. „Was meinst du denn damit?“

„Zum Beispiel geht es darum, wer Anfang Dezember den größeren Weihnachtsbaum aufstellt. Oder wer das modernste Feuerwehrauto besitzt. Und dann gibt es natürlich dieses Fußballspiel.“ Julia grinste sie an. „Schon seit fünfzig Jahren spielen die beiden Dörfer einmal im Jahr gegeneinander.“

„Wirklich seit fünfzig Jahren!“, staunte Leon. „Bekommt der Sieger einen Preis oder so was?“

„Na klar, einen Pokal – und die letzten neun Jahre haben wir ihn gewonnen!“, erwiderte Julia stolz. „Das Spiel findet dieses Mal hier in Ellandale statt. Wenn wir zum zehnten Mal gewinnen, gehört der Pokal für immer uns!“

„Oh, ganz sicher wird Ellandale gewinnen!“, meinte Leon zuversichtlich. „Blauweiß Turnham hat überhaupt keine Chance!“

Lisa musste grinsen. Das war typisch Leon! Gerade erst waren sie hierher gezogen, und schon war er ein begeisterter Anhänger des Fußballvereins von Ellandale.

„Julia!“, rief plötzlich jemand.

Julia drehte sich um. Es war ihr Bruder Daniel, der gerade aus dem Haus kam. Er hatte das gleiche blonde Haar wie seine jüngere Schwester, war groß und sah sportlich aus. „Mama wartet.“

„In Ordnung, ich komme gleich.“ Julia warf Leon und Lisa einen Blick zu. „Habe ich euch schon gesagt, dass Daniel beim FC Ellandale spielt? Er ist der beste Spieler!“

„Nun übertreib mal nicht, Julia!“ Daniel sah hinüber zu Leon und Lisa. „Ich hoffe, ihr beide kommt zum Spiel und feuert uns an.“

„Aber klar!“, versprach Leon eifrig. „Und für dich, Wuff, werden wir aus rotem und weißem

Geschenkband ein schönes FC-Ellandale-Halsband flechten!“

Wuff hatte sich von Leons Begeisterung anstecken lassen. Er sprang übermütig auf ihn zu und versetzte ihm einen sanften Stups mit dem Kopf.

„Das Spiel wird sicher ein toller Spaß!“, rief Lisa voller Vorfreude.

„Wieso denn ein Spaß?“, erwiderte Leon und machte ein entsetztes Gesicht. „Die Sache ist todernst! Nicht wahr, Wuff?“

Wuff legte seinen Kopf auf die Seite. Mit seinen intelligenten dunklen Augen sah er Leon an und bellte zustimmend.

2

Ein paar Tage später presste Leon seine Nase gegen eine große Vitrine im Bürgerhaus. Darin stand der heiß begehrte Pokal, um den die beiden Mannschaften in der nächsten Woche spielen würden.

„Wahnsinn! Der ist ja fast so groß wie der Pokal bei der echten Weltmeisterschaft!“, sagte Leon ehrfürchtig.

Julias Mutter, Mrs Gibbs, war Hausmeisterin im Bürgerhaus und hatte Julia, Leon und Lisa hineingelassen, damit sie sich den Pokal kurz ansehen konnten.

„Blauweiß Turnham hat ihn anscheinend auch schon oft gewonnen.“ Lisa deutete auf die Liste der Sieger, die in den Fuß des großen silbernen Pokals eingraviert war.

„Aber nicht in den letzten neun Jahren!“, erwiderte Leon. Dann sagte er zu Julia: „Was passiert, wenn Ellandale nächste Woche gewinnt und wir den Pokal für immer behalten?“

„Falls wir gewinnen!“ Lisa grinste, doch Leon achtete nicht auf sie.

„Dann muss Blauweiß Turnham einen neuen Pokal stiften“, antwortete Julia. „Und nächstes Jahr fängt alles von vorne an!“

„Also, ihr drei. Genug jetzt für heute“, sagte Mrs Gibbs, die mit einem großen Schlüsselbund in der Hand in die Halle kam. „Ich muss jetzt einige Stühle für das Nachbarschaftstreffen aufstellen, das heute Abend hier stattfindet.“

„Sollen wir helfen?“, fragte Lisa höflich.

Julias Mutter schüttelte den Kopf. „Nein, danke. Das ist in fünf Minuten erledigt. Und habt ihr nicht euren Hund draußen gelassen?“

„Richtig. Komm mit, Lisa“, sagte Leon schnell. „Der FC Ellandale hat sicher schon mit dem Training angefangen.“

Vorher auf dem Weg zum Bürgerhaus waren sie am Fußballplatz von Ellandale vorbeigekommen. Dort hatten sie gesehen, wie die Spieler sich gerade zum Training versammelt hatten.

Wuff saß draußen, genau dort, wo Leon und Lisa ihn zurückgelassen hatten. Kaum hatte er die beiden gesehen, fing er an mit dem Schwanz zu wedeln. Doch er rührte sich nicht vom Fleck, bis Leon ihn rief.

„Wenn Felix nur auch so brav wäre!“, seufzte Julia und tätschelte Wuff. „Er hätte sicher nicht so brav gewartet, sondern in der Zwischenzeit bestimmt jemandem den Garten umgegraben!“

„Komm, Wuff!“ Leon nahm die Leine. „Wir werden uns das Training ansehen. Danach gehen wir mit dir spazieren.“

Wuff trottete gehorsam neben ihnen her, als Leon, Lisa und Julia zum Fußballplatz gingen. Die Spieler, darunter auch Daniel, waren voller Eifer bei der Sache. Sie sprinteten über den Platz und machten danach Liegestütze.

Leon stupste Julia an. „Daniel sieht ziemlich fit aus!“

Julia nickte stolz. „Wusstet ihr, dass er letztes Jahr das entscheidende Tor geschossen hat?“

„Wahnsinn!“, sagte Leon beeindruckt.

„Wuff, was ist los?“, fragte Lisa, als der Polizeihund plötzlich an der Leine zog und aufgeregt schnüffelte. Dann musste sie lachen. „Schau mal, Leon. Da ist Papa. Wuff hat ihn wie immer als Erster bemerkt!“

Auf dem Weg, der am Fußballplatz entlangführte, joggte ein Mann in einem blauen Trainingsanzug. Es war John Wilson.

„Euer Vater sieht aber auch ziemlich fit aus“, meinte Julia und lachte.

„Papa muss in Form bleiben. Sonst könnte er nicht mit Wuff mithalten!“ Leon grinste und zog Wuff sanft an einem seiner wachsamen Ohren.

Lisa nickte. „Auch Papa hat mal Fußball gespielt – im Verein unseres früheren Wohnorts“, erzählte sie Julia.

Wachtmeister Wilson hatte sie bemerkt und joggte zu ihnen hinüber. „Hallo, ihr“, begrüßte er sie und lächelte.

„Papa, du denkst daran, dass wir nächste Woche zu dem Spiel gehen wollen, ja?“, fragte Leon aufgeregt.

„Acht!“, sagte jetzt Lisa wie aus der Pistole geschossen. Julia und sie mussten lachen.

„Wie bitte?“, fragte Leon verwirrt.

„Das war das achte Mal, dass du gefragt hast“, grinste Lisa. „Ich hab mitgezählt!“

Leon streckte ihr die Zunge raus. „Ich will das Spiel auf keinen Fall verpassen, das ist alles!“

„Natürlich werden wir es nicht verpassen“, versicherte Mr Wilson, während er Wuff über den Rücken streichelte. „Am Samstag habe ich dienstfrei, ich kann also auf jeden Fall mitkommen.“ Er wischte sich den Schweiß von der Stirn, reckte sich und berührte dann mit den Fingern seine Zehenspitzen. „Ich laufe jetzt mal weiter. Kommt nicht zu spät nach Hause.“

Während Wuff beobachtete, wie sein Herrchen davonjoggte, schauten Leon und Lisa wieder dem Fußballtraining zu.

Die Spieler hatten zwei Teams gebildet und begannen ein Trainingsspiel. Wuff saß geduldig neben den drei Kindern und drehte seinen Kopf mal auf die eine, mal auf die andere Seite, während seine aufmerksamen Augen dem Ball folgten.

Lisa sah auf ihre Armbanduhr. „Wir müssen gehen“, sagte sie zu Leon. „Wir haben Wuff noch einen Spaziergang versprochen und es ist schon fast sieben Uhr.“

„Na gut“, sagte Leon wenig begeistert.

„Wenn wir das Spiel nächste Woche gewinnen, steigt in Ellandale ein großes Fest“, sagte Julia, als die drei Freunde mit Wuff losgingen. „Mit einem Feuerwerk und allem Drum und Dran.“

„Und was, wenn der FC Ellandale verliert?“, fragte Lisa und achtete nicht auf Leon, der bei dieser Frage verächtlich schnaubte.

„Es wird trotzdem ein großes Fest geben!“ Julia grinste. „Das wird uns wieder aufheitern.“

„Wenn sich nächste Woche jemand aufheitern muss, dann Blauweiß Turnham!“, meinte Leon, als sie weiter den Weg entlanggingen.

„Da kommt jemand“, sagte Lisa plötzlich.

Julia kniff die Augen zusammen und sah sich um. „Ich sehe keinen …“, begann sie und verstummte. Um eine Biegung kamen ein Junge und ein Mädchen, die eine Mauer am Wegrand eben noch verdeckt hatte.

„Wie hast du die beiden bemerkt?“, fragte Julia verblüfft.

„Wuff hat sie bemerkt!“ Lisa lachte. „Und ich hab gesehen, wie er seine Ohren gespitzt hat.“

Wuff sah den Jungen und das Mädchen interessiert an und achtete auf jede ihrer Bewegungen, als sie näher kamen. Beide waren groß, ziemlich hager und hatten rotbraune Haare.

„Die kenne ich doch“, flüsterte Julia. „Das sind Robin und Sarah Barnett. Sie sind etwas älter als wir. Ihr großer Bruder Tom kickt nächste Woche auch beim Spiel.“

„Ist er ein guter Spieler?“, wollte Leon wissen.

„Ich hoffe nicht“, entgegnete Julia und grinste. „Er spielt für Blauweiß Turnham!“

„Sie kommen aus Turnham?“ Leon verzog das Gesicht. „Oje!“

Robin und Sarah Barnett hatten gehört, was Leon gesagt hatte, und starrten ihn an. Robin schien es nicht allzu viel auszumachen, aber Sarah warf Leon einen finsteren Blick zu.

„Hallo, ihr beiden!“, sagte Julia schnell. „Wo wollt ihr denn hin?“

„Hallo, Julia“, antwortete Robin. „Wir gehen für unsere Mutter zu Andersons.“ Anderson war ein Laden in Ellandale, der elektrische Geräte reparierte.

„Freut ihr euch schon auf das Spiel?“, fragte Julia weiter.

„Und wie!“, erwiderte Robin aufgeregt. „Es ist ja klar, dass wir das Spiel gewinnen!“

„Abwarten!“ Julia grinste. „Ach ja … das hier sind meine Freunde Leon und Lisa Wilson. Und das ist ihr Hund Wuff.“

„Heh, ist das etwa der neue Polizeihund, über den vor Kurzem in der Zeitung berichtet wurde?“, fragte Robin und kniete sich nieder, um Wuff zu streicheln.

Lisa nickte. „Ja, er hat einen Jungen gefunden, der verschwunden gewesen war.“

„So ein schlauer Hund“, meinte Robin bewundernd und strich Wuff durch das dichte braunschwarze Fell.

Sarah sah Leon noch immer ziemlich düster an. „Kommt ihr nächste Woche zum Spiel?“, wollte sie wissen.

„Aber klar“, antwortete Leon.

„Dann nehmt mal gleich eine Familienpackung Taschentücher mit“, entgegnete Sarah frech. „Die braucht ihr sicher, um danach eure Tränen zu trocknen.“

„Sehr witzig!“, schnaubte Leon. „Wenn hier jemand heulen wird, dann die Anhänger von Turnham – so wie die letzten neun Jahre!“

Sarah wurde rot. „Die letzten neun Jahre zählen nicht!“

„Und ob sie zählen!“, antwortete Leon triumphierend. „Denn wenn wir dieses Mal gewinnen, gehört der Pokal für immer uns!“

„Träum weiter!“, gab Sarah fast schon zornig zurück.

„Komm schon, Sarah!“ Robin, dem der Streit langsam zu heftig wurde, packte seine Schwester am Arm und zog sie weiter. „Tschüss. Bis nächste Woche beim Spiel.“

„Was war denn los mit dir, Leon?“, seufzte Lisa, als die Barnetts davongingen. „Ihr beide habt euch angefaucht wie zwei Raubkatzen!“

„Diese Sarah Barnett ist wirklich unmöglich!“,

brummelte Leon. Dann grinste er. „Oh, wie ich mich auf ihr Gesicht freue, wenn Blauweiß Turnham am nächsten Samstag verliert!“

3

„Na, wie sieht das aus, Lisa?“ Leon hielt das Transparent hoch, das er gemalt hatte. Der Hintergrund war rot und weiß, die Mannschaftsfarben des FC Ellandale. Darauf stand in großen schwarzen Buchstaben: Wir sind die Champions!

„Super!“, meinte Lisa und zeigte Leon das aus rot-weißen Bändern geflochtene Halsband. „Das hier macht sich sicher prima an Wuffs Hals!“

„Ruhe! Ruhe!“ Die Lehrerin von Leon und Lisa, Mrs Kendall, klang ziemlich verärgert. Normalerweise ließ sie sich durch nichts aus der Ruhe bringen, aber heute, am Tag vor dem großen Spiel und kurz vor Schulschluss, herrschte im Klassenzimmer ein ohrenbetäubender Lärm.

„Los, Kinder. Zeit, aufzuräumen!“

Lisa machte einen Knoten in Wuffs rot-weißes Halsband, während Leon und Julia ihren Tisch aufräumten.

Als es klingelte, stürmten die Schüler zur Tür.

„Sie kommen doch morgen auch zum Spiel, Mrs Kendall?", rief Leon, als er, Lisa und Julia sich mit den anderen hinausdrängten.

„Um nichts auf der Welt würde ich das Spiel verpassen!", entgegnete Mrs Kendall und lächelte. „Obwohl ich lieber mitspielen würde als nur zuzuschauen."

Als Leon, Lisa und Julia nach Hause liefen, herrschte im ganzen Dorf schon Feststimmung. Immer wieder blieben sie stehen, um mit Freunden und Bekannten über das große Spiel zu reden. Viele hatten Transparente und Fahnen in ihre Fenster gehängt. Auch die meisten Läden waren in den Farben des FC Ellandale geschmückt.

Als Leon und Lisa endlich zu Hause eintrafen, mähte ihr Vater gerade den Rasen. Wie gewöhnlich hatte Wuff die Kinder von Weitem bemerkt. Er stand schon am Gartentor, um sie stürmisch zu begrüßen.

„Schau mal, was ich für dich gebastelt habe,

Wuff!“ Lisa zeigte ihm das rot-weiße Halsband, das Wuff etwas ratlos beschnüffelte.

„Ich glaube nicht, dass ihr in der Schule heute viel gelernt habt“, sagte ihr Vater mit einem Augenzwinkern. „Wahrscheinlich habt ihr die ganze Zeit über Fußball geredet – zumindest war es bei uns im Revier so! Und übrigens ... ihr werdet überrascht sein, wer morgen der Schiedsrichter ist!“

„Wer denn?“, wollte Leon sofort wissen.

Doch sein Vater schüttelte nur den Kopf. „Abwarten!“

Lisa stupste ihren Bruder an. „Komm, lass uns mit Wuff spazieren gehen. Dann sehen wir, was auf dem Fußballplatz los ist.“

Beim Wort „spazieren“ richtete sich Wuff sofort auf. Und als Lisa ihm ein Zeichen gab, trottete er in die Küche, um seine Leine zu holen.

„Bleibt nicht allzu lange weg“, rief Mr Wilson ihnen nach, als sie mit Wuff durch das Gartentor gingen. „Mama wird in etwa einer Stunde nach Hause kommen. Ich werde heute das Abendessen kochen.“

Die Mutter der Zwillinge, Tina Wilson, betreute als Krankenschwester Ellandale und die umliegenden Dörfer. Wenn Wachtmeister Wilson schon früh am Morgen Dienst hatte, war er als Erster zu Hause und war dann für das Abendessen zuständig.

Leon und Lisa nickten und machten sich auf den Weg zum Fußballplatz.

„Für das Training ist es eigentlich noch zu früh“, sagte Leon, als sie sich dem Platz näherten. „Die meisten Spieler sind wahrscheinlich noch bei der Arbeit.“

„Aber schau mal, Leon … da geht jemand über den Platz“, erwiderte Lisa und blinzelte in die Nachmittagssonne.

Nun bemerkte auch Leon den älteren Mann, der mit eiligen Schritten über den Platz marschierte. Immer wieder beugte er sich vornüber und betrachtete konzentriert den Rasen.

Leon stöhnte, als er den Mann erkannte. „Oh nein, das ist ja Wachtmeister Thornton!“

Jim Thornton war einer der wenigen Bewohner von Ellandale, mit dem sich die Zwillinge bis jetzt nicht so gut verstanden. Doch ihr Vater meinte, Jim Thornton sei ein sehr guter Polizist, der das Revier von Ellandale gewissenhaft leitete. Andererseits war Wachtmeister Thornton für Veränderungen im Revier nicht so offen. Er hatte es am Anfang nicht einsehen wollen, dass Ellandale plötzlich einen Polizeihund brauchte. Allerdings änderte er seine Meinung etwas, nachdem Wuff einen vermissten Jungen aufgespürt hatte – und das nach erst wenigen Tagen in Ellandale!

„Guten Tag, Wachtmeister Thornton“, rief Lisa höflich.

Der Polizist blickte auf und nickte ihnen beiläufig zu. „Tag.“

Wuff wedelte freundlich mit dem Schwanz, als er den Polizisten erkannte. Doch Jim Thornton schien nicht darauf zu achten.

„Wie geht’s eigentlich Blacky, Mr Thornton?“, fragte Leon mit einem verschmitzten Grinsen.

Der Polizist wurde rot.

Blacky war Mr Thorntons große schwarze Katze. Leon und Lisa hatten den Polizisten eines Tages dabei ertappt, wie er auf ziemlich kindische Weise mit seiner Katze sprach. Seine Katze liebte Jim Thornton offenbar über alles – bei Wuff hingegen war von seiner Tierliebe nichts zu spüren.

„Danke, Blacky geht's gut“, murmelte Thornton. „Nun entschuldigt mich bitte …“

Lisa zog an der Leine. „Komm, Wuff! Gehen wir.“

Doch Leon blieb stehen. „Was machen Sie eigentlich hier?“, fragte er neugierig.

Lisa grinste. Hatte Leon denn nicht kapiert, dass Thornton seine Ruhe wollte?

„Ich untersuche den Rasen, auf dem morgen das große Spiel stattfindet“, sagte Mr Thornton mit wichtiger Miene.

„Wieso?“, fragte Leon verwirrt.

Doch Lisa kam ihm zuvor. „Heißt das vielleicht, Sie sind der Schiedsrichter?“

„Was?!“ Leon schrie derart entsetzt auf, dass Lisa ihm ans Schienbein trat. „Aua!“

„Richtig“, gab Jim Thornton barsch zurück. „Ich leite das Spiel.“

„Irre!“ Leons Laune besserte sich schlagartig. „Dann können Sie ja dafür sorgen, dass der FC Ellandale gewinnt!“

Mr Thornton richtete sich auf und rümpfte die Nase. „So etwas würde ich niemals tun!“, entgegnete er frostig. „Ich werde streng sein – aber gerecht!“

„Ja, klar!“ Leon zwinkerte ihm zu und der Polizist lief rot an. „Wird heute Abend eigentlich noch trainiert?“

„Nein“, erwiderte Thornton knapp. „Die Spieler ruhen sich heute aus. Ihr könnt also genauso gut nach Hause gehen.“ Dann stapfte er über den Rasen davon.

„Das hast du nun davon!“, sagte Lisa zu ihrem Bruder. „Thornton ist total sauer.“

„Oh, ich wollte ihn nur etwas aufziehen!“ Leon grinste, als sie über den Platz zu den Umkleideräumen gingen. „Ich wette sogar, dass er einen ziemlich guten Schiedsrichter abgibt!“

Lisa hörte ihrem Bruder schon nicht mehr zu.

Sie sah zu Wuff, der seinen Kopf hob und in die Luft schnüffelte. Jeder Muskel in seinem Körper war angespannt. „Wuff, was hast du denn?“

Der Hund stand absolut reglos da und starrte auf das große alte Backsteinhaus, das Vereinsheim des FC Ellandale.

„Wuff – was soll denn das?“, fragte Leon ungeduldig.

Doch Lisa unterbrach ihren Bruder. „Psst! Er hört etwas!“

Plötzlich kam aus dem Haus ein leises Klopfen.

Wuff zerrte an der Leine. Er wollte unbedingt die Stufen zur Eingangstür hinaufstürmen.

„Da drin ist jemand!“, keuchte Leon. „Aber Mr Thornton sagte doch, dass heute gar kein Training ist. Wer kann das also sein?“

4

„Leon, das könnte weiß der Kuckuck wer sein!“, flüsterte Lisa, als ihr Bruder auf Zehenspitzen mit Wuff die Treppe hinaufging.

„Klar. Aber ich will es genauer wissen“, murmelte Leon und rüttelte an der Tür. Sie war verschlossen. Leon spähte durch ein Fenster, doch die Scheibe war so schmutzig, dass er nichts erkennen konnte.

„Es könnte jemand sein, der die Trikots für morgen herrichtet oder so“, schlug Lisa vor. „Vielleicht ist es jemand, der die Getränke anliefert. Es könnte jemand sein, der …“

„Der versucht, den Sieg des FC Ellandale zu vereiteln!“, unterbrach Leon seine Schwester.

Wuff hatte den unteren Teil der Tür gründlich beschnüffelt, schien aber bald das Interesse daran zu verlieren. Stattdessen versuchte er nun, Leon die Stufen hinunterzuziehen.

„Wuff, lass das!“, rief Leon verärgert. „Immerhin hast du uns hierher gelotst!“

Lisa beobachtete Wuff genau. „Offenbar will er, dass wir ihm folgen und …“ Sie verstummte, als sie ein weiteres, lauteres Klopfen hörten. Es schien von hinter dem Gebäude zu kommen.

„Hast du das gehört?“, keuchte Leon. „Komm mit!“

Er stürmte um die Ecke des Vereinsheims. Wuff und Lisa folgten ihm. Als sie die Rückseite des Gebäudes erreicht hatten, konnten sie noch vier Gestalten sehen, die, so schnell sie konnten, über den Rasen rannten. Eine hatte lange rote Haare, wie sie erst vor Kurzem welche gesehen hatten.

„Das ist ja Sarah Barnett!“, schrie Leon. „Was macht die denn hier?“

„Keine Ahnung.“ Lisa deutete auf ein Fenster, das offen stand und sich im Wind leicht hin- und herbewegte. „Aber es scheint, sie ist dort eingebrochen!“

„Wie bitte?“, schnaubte Leon verächtlich. Er ließ die Leine fallen, griff nach dem Fenstersims und zog sich hoch.

Lisa tat es ihm nach. Es war wirklich kein Problem, in das Vereinsheim hineinzukommen. Sie blickten sich im Umkleideraum des FC Ellandale um. Die rot-weißen Trikots lagen alle ordentlich zusammengefaltet auf kleinen Stapeln. Aber Leon und Lisa entdeckten noch etwas ... und sie wollten ihren Augen kaum trauen. Überall im Umkleideraum hingen Transparente und blauweiße Turnham-Fahnen. Auf den Transparenten war zu lesen: „Turnham holt den Pokal!“ und „Tor, Tor, Tor für Turnham!“

„Schau nur, was die hier angerichtet haben!“ Leon platzte fast vor Wut. „Ist Wachtmeister Thornton noch auf dem Spielfeld?“

Sie rannten nach draußen, um den Polizisten zu suchen, doch sie konnten ihn nirgendwo mehr finden.

„Wo kann er bloß sein?“, keuchte Lisa aufgeregt.

„Keine Ahnung“, erwiderte Leon. „Aber wir wissen, wo Papa ist. Komm mit!“

„Nun ja, offenbar wurde kein richtiger Schaden angerichtet“, stellte Wachtmeister Wilson einige Minuten später fest. „Natürlich hätten sie nicht einfach so in die Umkleideräume eindringen dürfen. Aber ich nehme an, dass das Schloss an diesem alten Fenster ohnehin schon seit einiger Zeit kaputt war.“

Er sah die Zwillinge an. „Die Einbrecher planten nichts Böses. Das war einfach ein Scherz unter Rivalen.“

„Ein ziemlich übler Scherz!“, grummelte Leon. „Ich glaube, sie wollen uns schon vor dem Spiel fertigmachen.“

Leon, Lisa und Wuff waren nach Hause gerannt, um ihren Vater zu holen. Der hatte sofort den Vorstand und Trainer des FC Ellandale, Mr Randall, angerufen und ihn gebeten, dass er vorbeikommen und sich die Bescherung ansehen solle.

Der Umkleideraum war inzwischen wieder aufgeräumt und das Fenster verriegelt. Doch keiner schien sonderlich bemüht zu sein, die Schuldigen aufzuspüren. Man wollte nichts unternehmen, was das Spiel und die Feststimmung in Ellandale gestört hätte.

„Und ihr sagt, ihr habt eines der Kinder erkannt?“, fragte Tina Wilson, als sie Pilz-Risotto auf ihre Teller schöpfte. Nun war es doch ihre Mutter gewesen, die das Abendessen gekocht hatte. Wuff fraß aus seinem Napf, der in der Küche stand.

„Ja, es war Sarah Barnett“, sagte Leon entschieden. „Und ich vermute mal, sie hat vorhin auch Lisa und mich erkannt!“

Wachtmeister Wilson schüttelte ungläubig den Kopf. „Habt ihr nicht gesagt, ihr habt sie nur von hinten gesehen?“

„Ja, haben wir“, gab Leon zu. „Aber es waren eindeutig ihre roten Haare!“

„Na, vor Gericht wäre das kein eindeutiger Beweis“, neckte ihn sein Vater. „Am besten, ihr denkt nicht mehr daran. Es war ein dummer Streich, der wohl kaum weitere Folgen hat.“

„Ich traue dieser Sarah Barnett nicht über den Weg“, meinte Leon, als sie nach dem Abendessen auf dem Weg zu Julia waren. „Irgendwas hat sie vor!“

„Ah ja, und was?“, fragte Lisa und klingelte bei Julia.

„Keine Ahnung.“ Leon zuckte ratlos mit den Schultern. „Aber ich fürchte, sie will unbedingt mit allen Mitteln verhindern, dass Ellandale morgen gewinnt!“

„Ach was, hör endlich auf damit! Was kann Sarah schon ausrichten?“, höhnte Lisa.

Julia öffnete ihnen die Tür.

„Du wirst schon sehen!“, gab Leon mürrisch zurück.

„Oh, hallo“, begrüßte sie Julia. „Kommt rein. Ich suche gerade Felix. Er ist wieder mal ausgebüxst und heckt wahrscheinlich neuen Unfug aus.“

Leon wollte soeben die Geschichte mit Sarah Barnett erzählen, als Julia sich plötzlich umdrehte und ins Wohnzimmer rannte.

„Na, da hab ich doch richtig gehört!“, rief sie

triumphierend und schaute hinter das Sofa. „Felix, komm da raus, du Schlingel!“

„Wir helfen dir“, bot Lisa an, als Julia versuchte, das Sofa alleine zur Seite zu schieben.

„Schaut mal, er hat was im Maul“, sagte Julia. „Was kann das sein?“

Als sie das Sofa noch etwas weitergerückt hatten, schaute auch Leon dahinter. „Es ... es ist ein Fußballschuh!“

„Oh nein, doch nicht Daniels Fußballschuhe!“, stöhnte Julia. „Sie sind so eine Art Glücksbringer für meinen Bruder. Er wird toben, wenn er das sieht!“

„Ich dachte, alle Trikots und Schuhe werden im Vereinsheim aufbewahrt“, sagte Lisa und erinnerte sich an die Stapel in den Umkleideräumen, die sie vorher gesehen hatten.

„Aber nicht Daniels Schuhe!“, erklärte Julia atemlos. „Er hat sie immer bei sich und lässt sie nie aus den Augen!“

In dem Moment hörten sie von oben eine Stimme. „Mama! Hast du meine Fußballschuhe gesehen?“

„Oje!“ Julia rückte das Sofa ganz zur Seite – und da lag Felix, der zufrieden auf den Schuhbändern von Daniels heiligen Fußballschuhen herumkaute. „Felix, was fällt dir ein?“

„Es ist nur ein Schuh“, bemerkte Leon. „Wo ist denn der andere?“

„Mama!“ Sie hörten, wie Daniel die Treppe hinunterkam. Seine Stimme klang schon deutlich besorgter. „Wo sind denn bloß meine Fußball … aaahhh!“

Erst polterte es, dann folgte ein lauter Knall.

Julia, Leon und Lisa schauten sich erschrocken an. Sie stürmten in den Flur, wo sie beinahe mit Mrs Gibbs zusammenstießen.

Daniel kauerte auf dem Teppich am Ende der Treppe. Sein Gesicht war bleich und mit den Händen umklammerte er sein Schienbein. Neben ihm lag ein Fußballschuh.

„Au!“, stöhnte er. „Mein Knöchel!“

5

„Daniel!“, schrie Julia. „Was ist denn passiert?“

„Einer meiner Fußballschuhe lag hier auf der Treppe und ich bin darüber gestolpert.“ Während er sprach, verzog Daniel vor Schmerz das Gesicht. „Keine Ahnung, wie der Schuh da hingekommen ist!“

Julia sah Leon und Lisa an. Als Felix in den Flur getrottet kam, um zu sehen, was es da für eine Aufregung gab, blickten ihn alle vorwurfsvoll an. Als der kleine Hund merkte, dass er etwas angestellt hatte, zog er den Schwanz ein, ließ den Kopf sinken und machte ein ziemlich schuldbewusstes Gesicht.

„Felix war das also!“, stöhnte Daniel, als sich seine Mutter neben ihn kniete. „Das hätte ich mir ja denken können!“

„Tut das weh?“, fragte Mrs Gibbs, während sie Daniels Bein abtastete.

„Na ja, geht so“, sagte Daniel tapfer. Doch als seine Mutter etwas tiefer drückte, zuckte er plötzlich zusammen und schrie auf. „Aua!“

„Ich werde meine Mama holen“, sagte Lisa. „Sie weiß, was man in solchen Fällen tun muss.“

„Oh danke“, sagte Mrs Gibbs mit besorgter Stimme.

„Heißt das, du wirst morgen gar nicht spielen können?“, fragte Leon fassungslos.

Daniel nickte bedauernd. „Mama, ich muss sofort Mr Randall anrufen.“

„Erst soll Mrs Wilson deinen Knöchel ansehen“, entgegnete seine Mutter entschieden. Sie half Daniel aufzustehen und stützte ihn, als er ins Wohnzimmer humpelte, um sich dann aufs Sofa zu legen.

„Aber ich muss es Mr Randall sagen“, wiederholte Daniel. „Bis morgen muss er einen anderen Stürmer finden!“

„Wie bitte? Soll das etwa heißen, der FC Ellandale hat keinen anderen Stürmer, der dich ersetzen könnte?“, rief Leon entsetzt. Die Sache wurde immer schlimmer.

„Nun ja, wir haben einen. Aber er ist nicht besonders fit“, erklärte Daniel und ließ sich in das Sofa sinken. „Er sollte morgen auf der Ersatzbank sitzen. Ein ganzes Spiel hält er nie durch!“

Tina Wilson bestätigte, dass Daniels Knöchel verstaucht war. Während sie ihn verband, rief Daniel Mr Randall an, um ihm von dem Unglück zu berichten.

Stöhnend sank Leon auf einen Sessel. „Was soll der FC Ellandale jetzt bloß tun – ohne seinen besten Stürmer?“, murmelte er. „So gewinnen wir das Spiel nie!“

„Ich glaube“, sagte Lisa zögernd, „ich hab da eine Idee.“

Leon sah sie an. Er konnte sich meist darauf verlassen, dass Lisa in einer brenzligen Lage etwas einfiel. Aber was sollte das dieses Mal sein?

Lisa grinste ihren Bruder an. „Wie wäre es mit Papa? Er könnte für Ellandale spielen!“

„Du wirst das schon hinkriegen!“, sagte Leon etwas später gut gelaunt zu seinem Vater. „Ich wette, du schießt jede Menge Tore!“

„Ich bin froh, wenn ich die neunzig Minuten durchhalte!“ Wachtmeister Wilson grinste und nahm seine Jacke. „Bis später dann, beim Spiel!“

Das war am Morgen des großen Spiels. Nach Lisas überraschender Idee war alles sehr schnell gegangen. Mr Randall war begeistert, als er hörte, dass der Vater der Wilson-Zwillinge lange in einer Mannschaft gespielt hatte und noch immer in Form war. Er bestand darauf, sofort zu den Wilsons nach Hause zu kommen und persönlich mit Mr Wilson zu reden. Eine halbe Stunde später gehörte der Vater der Zwillinge zur Mannschaft des FC Ellandale.

„Das war wirklich eine super Idee von dir, Lisa!“, sagte Leon glücklich und winkte seinem Vater nach. Der Trainer hatte Mr Wilson gebeten, einige Stunden vor dem Spiel ins Vereinsheim zu kommen, um dort die Taktik zu besprechen. „Papa wird sicher genauso gut spielen wie Daniel und ihn würdig vertreten!“

„Das hoffe ich sehr – wenn nicht, sind wir hier für immer unten durch!“ Ihre Mutter lachte.

„Papa wird der Beste sein!“, meinte Leon zuversichtlich. „Nicht wahr, Wuff?“

Wuff, der auf der Seite lag, hob den Kopf, sah Leon an und klopfte mit seinem Schwanz zustimmend auf den Teppich.

Leon und Lisa hielten es vor Spannung kaum noch aus – vor allem Leon. In fünfzehn Minuten sollte das Spiel beginnen und eben waren sie auf dem Fußballplatz angekommen. Mit dabei waren ihre Mutter und Wuff, der stolz sein rot-weißes Halsband trug. Es hatte sich anscheinend im ganzen Dorf in Windeseile herumgesprochen, dass Wachtmeister Wilson Daniels Platz als Stürmer eingenommen hatte.

„Wachtmeister Wilson ist sicher ein toller Stürmer!“, meinte zum Beispiel Mrs Saunders, die im Postamt von Ellandale arbeitete.

„Leon! Lisa! Hier sind wir!“

Von der anderen Seite des Spielfelds winkte Julia ihnen zu. Sie, ihre Eltern und ihr Bruder waren zehn Minuten vor den Wilsons losgegangen, um sich Plätze direkt hinter der Absperrung zu sichern. So konnte auch Daniel, der auf Krücken gekommen war und nun auf einem Stuhl saß, alles sehen.

„Um nichts auf der Welt wollte ich das Spiel verpassen“, sagte er, als die Wilsons und Wuff zu ihnen herüberkamen.

„Wo ist denn Felix?“, wollte Lisa von Daniel und Julia wissen.

„Den haben wir zu Hause gelassen“, antwortete Julia. „Ich will schließlich nicht, dass er aufs Spielfeld rennt und noch jemanden zum Stolpern bringt!“

„Außer wenn es ein Spieler von Turnham wäre.“ Leon grinste.

Lisa stupste ihn an. „Da ist Mrs Kendall“, sagte sie.

„Und dort ist Janie.“ Leon zeigte zu Wachtmeisterin Blake, der jungen, rothaarigen Kollegin ihres Vaters, die um die Menschenmenge herumging. „Sie ist in Uniform, also ist sie im Dienst."

Lisa sagte nichts dazu. Sie hatte gerade Sarah und Robin Barnett entdeckt, die am Eingang erschienen waren. Sie hoffte, dass Leon sie nicht gesehen hatte. Sie hätte ihrem Bruder nämlich durchaus zugetraut, dass er zu ihnen gerannt wäre, um sie wegen des Vorfalls von gestern Abend zur Rede zu stellen!

Leon sah auf seine Uhr und runzelte die Stirn. „Ich dachte, es sollte um 14 Uhr anfangen. Aber die Mannschaften sind noch nicht mal auf dem Platz!"

„Keine Sorge!" Seine Mutter lächelte. „Das wird schon seinen Grund haben." Sie winkte einer älteren Frau zu, die mit einem bandagierten Bein auf der anderen Seite des Spielfelds stand. „Ich gehe nur mal zu Mrs Barnes rüber. Eigentlich sollte sie ihr verletztes Bein noch schonen, aber sie meinte, gar nichts könne sie vom Spiel fernhalten!"

Obwohl es erst eine knappe Minute nach vierzehn Uhr war, wurden die Zuschauer bereits etwas unruhig. Dann kam Mr Thornton, der in seinem schwarzweißen Schiedsrichterdress richtig schick aussah, aus der Kabine. Er wirkte ziemlich mitgenommen. Ohne auf die Rufe aus der Zuschauermenge zu achten, rief er seine Kollegin Janie Blake zu sich. Als er mit ihr sprach, wurde das Gesicht der Polizistin immer ernster.

Für Leon und Lisa war klar, dass es ein Problem gab. Aber was konnte es sein?

Ein Raunen ging durch die Menge, als Jim Thornton in die Mitte des Spielfelds trat und wartete, bis die Zuschauer ruhig waren.

„Meine Damen und Herren!", begann er mit seiner kräftigen Stimme, die überall gut zu hören war. „Der Anpfiff des Spiels muss leider verschoben werden. Der Pokal, den die siegreiche Mannschaft erhalten soll, ist verschwunden!"

6

„Was?!“ Leon war entsetzt. „Der Pokal ist gestohlen worden?“

Alle Zuschauer – die Anhänger von Ellandale ebenso wie die von Turnham – waren bestürzt. Überall wurde die überraschende Neuigkeit aufgeregt diskutiert.

„Bis vor ein paar Minuten stand der Pokal im Vereinsheim – und nun ist er plötzlich weg“, fuhr Wachtmeister Thornton fort. „Natürlich werden wir alles unternehmen, um den Pokal ausfindig zu machen.“ Dann ging er wieder zu Wachtmeisterin Blake, um sich mit ihr zu besprechen.

„So eine Gemeinheit!“, empörte sich Julia. „Der Dieb muss doch wissen, wie sehr sich alle auf das Spiel gefreut haben.“

„Vielleicht war es gar kein Dieb“, meinte Leon finster.

„Was willst du damit sagen?“, fragte Daniel.

Doch Lisa wusste genau, was Leon dachte.

„Dem Täter ging es wohl kaum darum, den Pokal zu stehlen, weil er vielleicht besonders wertvoll ist", erwiderte Leon. „Nein, ich glaube eher, jemand will verhindern, dass der FC Ellandale den Pokal gewinnt und ihn für immer behalten kann!"

„Das heißt also, es war eine Art Sabotage?", sagte Daniel erschrocken. „Aber das macht doch keinen Sinn. Was, wenn Blauweiß Turnham gewinnt? Dann gibt es auch für sie keinen Pokal!"

Leon hörte nicht zu. Auf der anderen Seite des Spielfelds hatte er gerade lange rote Haare entdeckt. „Sarah Barnett!", flüsterte er und stieß Lisa mit dem Ellbogen so fest in die Seite, dass sie fast umgefallen wäre. „Ganz sicher hat sie was damit zu tun!"

„Das glaube ich kaum, Leon." Lisa hielt ihren Bruder am Arm fest, denn sie fürchtete schon, er würde zu Sarah hinüberstürmen. „Sie ist erst vor

einigen Minuten hier angekommen. Ich habe es selbst gesehen. Sie hatte gar keine Zeit, den Pokal zu stehlen."

„Dieser Sarah traue ich alles zu“, brummelte Leon, blieb jedoch, wo er war. Allerdings warf er Sarah immer wieder argwöhnische Blicke zu.

Nach weiteren fünf Minuten stellte sich Wachtmeister Thornton wieder in die Mitte des Spielfelds. Sofort wurde es still.

„Leider muss ich Ihnen mitteilen, dass der Pokal noch nicht gefunden worden ist“, verkündete er. „Doch wir haben beschlossen, dass das Spiel trotzdem stattfinden soll. Die Polizei wird die Suche während des Spiels fortsetzen.“

Aus der Zuschauermenge kam zustimmendes Gemurmel. Zumindest würde das Spiel nun endlich anfangen und vielleicht würde ja auch der Pokal in der Zwischenzeit wieder auftauchen.

„Lisa, wir müssen hier weg und den Pokal suchen!“, sagte Leon mit entschlossener Stimme. „Was immer Sarah Barnett damit vorhat – wir werden es verhindern! Wuff kann uns doch dabei helfen.“

Wuff hob den Kopf, als er seinen Namen hörte.

Gespannt schaute er zu Leon und Lisa. An ihren aufgeregten Stimmen merkte er, dass etwas passiert sein musste.

Lisa dachte über Leons Vorschlag nach. Wuff war dazu ausgebildet, die Witterung von Menschen und Dingen aufzunehmen. Selbst in hohem Gras konnte er eine Münze oder einen Ohrring finden. Allerdings gelang ihm das nur unter idealen Bedingungen. Bei so vielen Menschen, wie sie nun um den Fußballplatz standen, war es ziemlich unwahrscheinlich, dass Wuff einer einzigen Witterung folgen konnte. Aber Lisa verstand, dass ihr Bruder unbedingt etwas unternehmen wollte.

„Na gut", stimmte sie zu. „Schaden kann es ja nichts."

In dem Moment kamen die beiden Mannschaften auf das Spielfeld gelaufen und begannen sich aufzuwärmen.

Leon stöhnte. „Wir verpassen den Anfang des Spiels – aber das hier ist jetzt einfach wichtiger! Komm mit!"

Unbemerkt traten sie von der Absperrung zurück und schlängelten und drückten sich zwischen den Zuschauern hindurch. Ihre Mutter war noch auf der anderen Seite des Felds und redete mit ihrer Patientin. Julia und ihre Familie jubelten dem FC Ellandale derart begeistert zu, dass sie Leon und Lisa gar nicht beachteten.

Janie Blake ging um das Vereinsheim herum und suchte angestrengt nach irgendwelchen Spuren oder Anhaltspunkten. Leon, Lisa und Wuff rannten zu ihr.

„Janie ... ich meine, Wachtmeisterin Blake!“, rief Leon atemlos. „Können wir helfen, den Pokal zu suchen?“

Janie Blake zögerte. „Das ist eine polizeiliche Ermittlung“, sagte sie ernst. „Ihr haltet euch da am besten raus.“

Leon stand die Enttäuschung ins Gesicht geschrieben. „Wir dachten ja nur, Wuff könnte Ihnen irgendwie helfen“, murmelte er.

Janie musste lächeln. „Na ja, wenn ihr euch mit Wuff umsehen wollt, ist das eure Sache. Ich weiß von nichts, in Ordnung?“, sagte sie. „Und kein Wort zu Jim Thornton!“

Sie folgten ihr ins Vereinsheim und ins Büro. Der hölzerne Sockel des Pokals stand noch auf dem Schreibtisch. Leon trat näher, um ihn sich anzusehen. Wuff folgte ihm, legte seine Vorderpfoten auf die Tischplatte und schnüffelte neugierig. In dem Moment hörten sie von draußen einen Pfiff und danach den Jubel der Zuschauer.

„Das Spiel hat angefangen!“, sagte Leon grimmig. „Bei zwei Halbzeiten und einer Halbzeitpause bleiben uns ungefähr hundert Minuten, um den Pokal zurückzubringen! Komm, Wuff! Wir fangen sofort an zu suchen …“

7

„Nichts – gar nichts!“, sagte Leon finster, als sie Wuff nach draußen führten. „Der Pokal kann unmöglich noch im Vereinsheim sein.“

„Wenn sich der Dieb irgendwo im Innern versteckt hätte, dann hätte Wuff ihn gefunden!“, fügte Lisa hinzu.

„Macht euch nichts daraus“, sagte Janie Blake. „Geht lieber zurück zum Platz und seht euch das Spiel an.“

„In zwanzig Minuten ist Halbzeit“, sagte Lisa. „Dann können wir uns noch mal auf die Suche machen.“

Leon, Lisa und Wuff drängten sich wieder ans Spielfeld, um den Rest der ersten Halbzeit zu sehen. Das Spiel war so aufregend gewesen, dass Julia und die anderen kaum bemerkt hatten, dass die Zwillinge und ihr Hund weg gewesen waren. Und zum Glück war ihre Mutter noch immer auf der anderen Seite des Spielfelds bei Mrs Barnes, die offenbar eine Menge zu erzählen hatte.

Die Spielstärke der beiden Mannschaften war ziemlich ausgeglichen und beide Seiten hatten bereits mehrere gute Torchancen gehabt. Am Ende der ersten Halbzeit stand es noch immer null zu null.

Kaum hatte Mr Thornton abgepfiffen, strömten die Leute zum Getränkestand, den man am Rande des Spielfeldes aufgebaut hatte. Julia und ihre Mutter gingen ebenfalls hin, um für alle etwas zu trinken zu holen.

„Puh!“, stöhnte Lisa. „Das ist zu aufregend für mich!“

„Aber selbst wenn Ellandale gewinnt, gibt es keinen Pokal für uns!“, murrte Leon. „Höchste Zeit, dass wir mit Sarah ein Wörtchen reden!“ Und bevor Lisa ihn zurückhalten konnte, stürmte ihr Bruder davon.

„Oh nein!“, stöhnte Lisa und zusammen mit Wuff rannte sie Leon sofort hinterher. Sie musste unbedingt verhindern, dass er jemanden beleidigte oder eine andere Dummheit beging.

Leon war absolut sicher, dass Sarah Barnett etwas mit dem Verschwinden des Pokals zu tun hatte. Aufgeregt sah er sich nach den langen roten Haaren um. Doch es war gar nicht so einfach, in der riesigen Menschenmenge jemanden zu finden. Am Spielfeldrand wimmelte es wie in einem Ameisenhaufen, denn viele Zuschauer nutzten die Pause, um sich die Beine zu vertreten oder Getränke zu holen. Aber wenig später hatte Leon sie entdeckt. Sarah redete gerade mit einigen Jugendlichen in ihrem Alter.

Wahrscheinlich war das die Bande, die gestern Abend in die Umkleideräume eingebrochen war, dachte Leon wütend.

„Heh, Sarah!“, rief er.

Als sie Leon erblickte, wurde Sarahs Gesicht fast so rot wie ihre Haare.

„Was willst du?“, fragte sie nervös.

„Ich weiß genau, wer gestern Abend ins Vereinsheim eingebrochen ist und all das Turnham-Zeug aufgehängt hat. Das warst du mit deinen Freunden!“, forderte Leon sie heraus.

Sarah bekam auch noch rote Flecken am Hals.

„Ich hab nicht die geringste Ahnung, von was du redest!“, sagte sie trotzig.

„Oh, tu nicht so scheinheilig!“, drängte Leon. „Und ich wette, du hast auch den Pokal geklaut! Also raus mit der Sprache – wo ist er?“

„Der Pokal?“, wiederholte Sarah mit entsetztem Gesicht.

In dem Moment hatte Lisa ihren Bruder endlich eingeholt. Die zweite Halbzeit fing gleich an und die Zuschauer begannen bereits an ihre Plätze zurückzugehen.

„Wie kommst du auf diese blöde Idee? Ich hab den Pokal nicht gestohlen!“, protestierte Sarah. „Gut, wir haben das Zeug in den Umkleideräumen aufgehängt – einfach so, zum Spaß. Aber den Pokal hab ich nie angerührt! Keiner von uns!“

Leon starrte Sarah mit großen Augen an. Es hörte sich wirklich so an, als ob sie die Wahrheit sagte.

„Komm jetzt endlich, Leon!“ Lisa packte ihren Bruder am Arm und zog ihn fort. „Sarah hat gesagt, dass sie den Pokal nicht genommen hat, und ich glaube ihr.“

„Na ja, ich glaube ihr eigentlich auch“, antwortete Leon verlegen, als sie davongingen. „Aber wenn Sarah es nicht war … wer war es dann?“

Nach der Pause lief es schlecht für den FC Ellandale. Es waren gerade fünf Minuten gespielt, da stießen der Mannschaftsführer von Ellandale und ein Stürmer von Turnham mit ihren Köpfen zusammen. Ellandales bester Verteidiger wurde mit einer Platzwunde an der Stirn vom Platz getragen! Ein Ersatzspieler spielte für ihn weiter, doch der Verlust ihres Mannschaftsführers war für den FC ein schwerer Schlag.

Mr Wilson und der zweite Stürmer von Ellandale spielten wirklich gut. Aber immer seltener erhielten sie den Ball, während Blauweiß Turnham die geschwächte Abwehr des FC immer mehr in Bedrängnis brachte.

„Schau nur, die sind überall!“, klagte Leon, als Ellandale in heilloser Verwirrung zurückrannte, um einen weiteren Angriff abzuwehren. „Sogar Papa spielt fast nur noch in der eigenen Hälfte!“

Fünfzehn Minuten später geschah das Unvermeidliche. Es gab einen Eckball für Blauweiß Turnham. Ein großer Stürmer mit leuchtend roten Haaren sprang höher als alle Verteidiger von Ellandale und köpfte den Ball ins Netz. Die Anhänger von Turnham brachen in ohrenbetäubenden Jubel aus.

„Oh nein! Ein Tor für Turnham!", stöhnte Leon deprimiert. „Und ich glaube, das war ausgerechnet Sarahs Bruder!" Als ob Wuff Leon trösten wollte, leckte er an Leons Hand.

„Für den Ausgleich", fügte Lisa hinzu, „bleiben uns noch fünfundzwanzig Minuten."

8

„Oh nein!“ Leon hielt seine Augen zu, als Turnham schon wieder zum gegnerischen Tor stürmte. „Ich kann das gar nicht mit ansehen!“

Aber dieses Mal streifte Tom Barnetts Schuss nur die Latte und ging ins Aus.

„Sollen wir nachsehen, ob Janie Blake schon weitergekommen ist?“, schlug Lisa vor, als die Anhänger von Blauweiß Turnham Toms Schuss beklatschten. „Vielleicht hat sie ja schon eine Spur. Dann könnte Wuff ihr sicher helfen.“

„Was auch nicht mehr viel nützen würde“, sagte Leon finster. „Es sieht kaum danach aus, dass Ellandale noch ausgleicht. Im Gegenteil: Turnham schießt sicher bald das zweite Tor.“

„Mag sein. Aber der Dieb darf trotzdem nicht entkommen, egal wer das Spiel gewinnt“, entgegnete Lisa entschieden.

„Na gut, du hast ja Recht“, stimmte Leon ihr

zu. Jetzt, da es schon fast sicher schien, dass Ellandale verlieren würde, hatte er ohnehin keine große Lust mehr, das Spiel weiter anzusehen. Er drehte sich zu seiner Mutter um, die jetzt endlich der gesprächigen Mrs Barnes entkommen war. „Mama, wir wollen nur mal nachsehen, ob Janie schon etwas gefunden hat."

Ihre Mutter runzelte die Stirn. „In Ordnung", sagte sie. „Aber stört sie nicht bei ihrer Arbeit. Und kommt danach gleich wieder zurück, hört ihr?"

Als sie die Zuschauermenge hinter sich gelassen hatten, gingen Leon, Lisa und Wuff zum Vereinsheim hinüber und suchten Janie Blake. Aber sie konnten sie nirgends entdecken.

„Vielleicht sollten wir ein bisschen umhergehen und sehen, ob Wuff eine Witterung aufnimmt", schlug Leon vor.

Lisa machte sich keine allzu großen Hoffnungen, dass das etwas nützen würde. Aber ihr war klar, dass Leon zu aufgeregt war, um weiter das

Spiel zu verfolgen. Also stimmte sie zu. Ziellos gingen sie über die Wiese und folgten Wuff, wohin er sie auch führte.

„Na ja, zumindest bekommt Turnham nicht den Pokal, wenn sie gewinnen!“, sagte Leon, der sich etwas aufmuntern wollte.

Lisa sagte nichts dazu. Aufmerksam betrachtete sie Wuff, der plötzlich zu schnüffeln begann und den Kopf hierhin und dorthin drehte.

„Was hast du, Wuff?“, fragte Lisa aufgeregt.

Sie und Leon sahen sich um, konnten jedoch nichts Ungewöhnliches entdecken.

Da packte Leon seine Schwester plötzlich am Arm. „Schau!“

Alle verfolgten gespannt das Spiel – außer Wuff, Leon, Lisa … und noch jemandem. Ein Mann mit einer Sporttasche entfernte sich mit eiligen Schritten vom Fußballplatz in Richtung Dorf. Als er den Ausgang erreichte, blickte er über seine Schulter. Fürchtete er etwa, dass ihn jemand verfolgen könnte?

Wuff bellte und zog Lisa in dieselbe Richtung.

„Ist das etwa der Dieb, Wuff?“, keuchte sie.

„Leon – was, wenn in der Tasche der Pokal ist? Wir müssen es sofort Janie melden!“

„Ja, aber bis wir sie gefunden haben, ist der Kerl längst verschwunden!“, zischte Leon zurück. Halb ging, halb rannte der Mann nun den Weg entlang und war schon fast außer Sichtweite.

Lisa nickte. „Du hast Recht. Gehen wir, Wuff!“

Wuff war kaum zu bremsen, als er Lisa und Leon den Weg entlangzog, der direkt nach Ellandale führte.

Auf der Hauptstraße von Ellandale waren die meisten Geschäfte wegen des Fußballspiels geschlossen. Niemand war zu sehen. Auch nicht der geheimnisvolle Mann mit der Sporttasche.

„Such, Wuff!“, befahl Leon.

Er und Lisa wussten sehr gut, dass die wichtigste Fähigkeit eines Polizeihundes sein guter Geruchssinn war. Außerdem hatte ihr Vater ihnen erklärt, dass Menschen, die Angst haben, einen besonderen Geruch abgeben. Diesem Geruch folgen Polizeihunde wie Wuff, wenn sie Verbrecher jagen oder Vermisste aufspüren. Wenn der Mann tatsächlich der Dieb war, dann, so hoffte

Leon, müsste er jetzt ziemlich nervös sein. Und das würde Wuff wittern.

Wuff zerrte sie die Hauptstraße entlang. Dabei schien er genau zu wissen, wo er hinwollte. Kurz stoppte er vor dem Pizza-Service, ohne dass er sich von dem Geruch des warmen Essens verwirren ließ. Dann bog er um die Ecke in die nächste Seitenstraße.

Leon spähte vorsichtig in die Straße – und zog Wuff sofort wieder zurück. „Da ist er, Lisa!“, flüsterte er. „Dort, bei den Müllcontainern!“

Auch Lisa blickte vorsichtig um die Häuserecke, als Leon dem Hund befahl, sich zu setzen. Der Mann hatte offenbar keine Ahnung, dass er verfolgt und beobachtet wurde. Er öffnete gerade den schweren Deckel eines Müllcontainers, der am Ende der Straße aufgestellt war.

„Was macht er denn da?“, flüsterte Leon.

Ein- oder zweimal drehte der Mann sich um, sodass Leon und Lisa schnell einen Schritt zurückspringen mussten. Als sie einen weiteren Blick um die Ecke riskierten, holte der Mann einen schwarzen Plastiksack aus dem Container.

Er löste die Schnur, mit der der Sack oben zusammengebunden war, und holte etwas heraus. Es war ein silberner Pokal.

9

„Das ist tatsächlich der Dieb!“, zischte Leon.

„Psst!“, sagte Lisa, die sah, wie der Mann seine Sporttasche aufmachte und den Pokal hineinstopfte. „Wir müssen sofort zu Janie, sonst entwischt er uns noch!“

„Ich werde mit Wuff hierbleiben und ihn aufhalten!“, erwiderte Leon entschlossen. Doch Lisa schüttelte den Kopf.

„Nein, der Mann könnte sehr gefährlich sein“, warnte sie. „Komm schon! Selbst wenn er fort ist, wenn wir mit Janie zurückkommen, kann Wuff ihn auf jeden Fall wieder aufspüren!“

„Na gut“, stimmte Leon widerwillig zu. Dann rannten die drei die Hauptstraße zurück.

Als sie in den Weg einbogen, der zum Fußballplatz führte, keuchte Lisa: „Seltsam … fast ist mir, als hätte ich den Dieb hier in Ellandale schon mal gesehen.“

„Ja, geht mir auch so“, sagte Leon, der wie seine Schwester nach Luft schnappte. „Aber ich weiß nicht mehr wann und wo.“

Sie waren nun fast am Fußballplatz angekommen und konnten bereits das Geschrei der Zuschauer hören.

„Wie es wohl steht?“, sagte Leon, als er das Eingangstor aufdrückte.

„Hoffen wir mal, dass Ellandale in Führung gegangen ist“, antwortete Lisa, die ihrem Bruder und Wuff durch das Tor folgte.

Als sie sich umdrehte, um das Tor hinter sich zu schließen, schaute Lisa zufällig noch einmal zurück. „Leon!“, zischte sie. „Schau doch nur! Da kommt er ja!“

„Wie bitte?“ Leon wollte seinen Ohren nicht trauen. Er starrte in die Richtung, aus der sie eben gekommen waren. Und tatsächlich: Der Dieb kam mit eiligen Schritten angelaufen, in den Händen seine prall gefüllte Sporttasche.

„Das ist sicher irgend so ein fanatischer Turnham-Fan!“, rief er wütend. „Ich wette, der wollte nur nicht, dass Ellandale den Pokal bekommt.

Deshalb hat er ihn versteckt. Aber jetzt, da Turnham wahrscheinlich gewinnen wird, bringt er ihn zurück!“

„Wir müssen Janie finden, bevor er den Pokal irgendwo ablädt!“, raunte Lisa ihrem Bruder zu.

Zuerst suchten die beiden im Vereinsheim, doch Wachtmeisterin Blake war nirgends zu sehen.

Leon wollte gerade losrennen, um in der Zuschauermenge zu suchen, als seine Schwester Lisa ihn an der Schulter festhielt.

„Ich hab eine Idee“, sagte sie. „Gib mir die Leine.“

Leon gab sie ihr. Lisa führte Wuff ins Vereinsheim und blieb direkt hinter der Eingangstür mit ihm stehen.

„Sitz, Wuff, und bleib!“, befahl sie.

Wuff spitzte aufmerksam die Ohren und setzte sich gehorsam hin.

„Gut gemacht, Lisa!“, rief Leon, als Lisa nach draußen kam und hinter sich die Tür zumachte. Sobald sich jemand der Tür näherte, würde Wuff Alarm geben – und bei seinem Gebell würde sich kein Dieb hineintrauen.

Dann rannten Leon und Lisa schnell los, um in der Menschenmenge nach Wachtmeisterin Blake zu suchen.

Gleich darauf sah Leon ihre Lehrerin. „Wie steht es denn, Mrs Kendall?“, fragte er und hoffte, dass Turnham nicht noch mehr Tore geschossen hatte.

„Oh, hallo, Leon“, begrüßte ihn Mrs Kendall. „Noch immer eins zu null. Aber wir werden wieder besser – und dein Vater spielt einfach hervorragend!“

Leon blickte hinüber zum Spielfeld. Mit pochendem Herzen sah er, wie sein Vater einen Pass von einem von Ellandales Verteidigern annahm und dann sofort zum gegnerischen Tor stürmte. Doch er wurde durch ein Foul gestoppt und es gab einen Freistoß für Ellandale.

„Mrs Kendall, haben Sie unsere Polizistin irgendwo gesehen?“, fragte Leon und sah auf seine Uhr. Soweit er es beurteilen konnte, dauerte das Spiel nur noch fünf Minuten plus etwas Nachspielzeit. Es sah ganz nach einem Sieg für Blauweiß Turnham aus.

„Vor ein paar Minuten ging sie am Getränkestand vorbei“, antwortete die Lehrerin.

Leon und Lisa rannten sofort hinüber. Die Anhänger von Ellandale stöhnten enttäuscht, als der Freistoß von einem Verteidiger ins Aus geköpft wurde. Auch Leon hatte immer weniger Hoffnung, dass Ellandale noch ausgleichen könnte.

„Da ist sie ja!“, rief Lisa, als sie die vertraute Gestalt der Polizistin entdeckte.

„Janie!“ Leon rannte zu ihr und griff ihren Arm. „Den Dieb! Wir haben ihn gefunden!“

„Was?!“ Janies Augenbrauen verschwanden unter ihrem roten Pony. „Seid ihr sicher?“

„Ganz sicher!“, rief Lisa. „Kommen Sie mit, sonst entkommt er noch!“

Gemeinsam rannten sie zurück zum Vereinsheim und Leon und Lisa erklärten schnell, was passiert war.

Als sie sich dem Gebäude näherten, konnten sie Wuff hinter der Tür bellen hören. Draußen stand der Mann mit der Sporttasche.

„Sei endlich still!“, bettelte der Mann verzweifelt. „Bitte, lass mich rein … braver Hund!“

Aber Wuff ließ sich nicht beirren. Ohne Pause bellte er weiter.

Der Mann war derart bemüht, Wuff zum Stillsein zu bringen, dass er gar nicht bemerkte, wie Janie Blake, Leon und Lisa sich ihm von hinten näherten.

„Darf ich fragen, was Sie hier machen?“, fragte Wachtmeisterin Blake mit ruhiger Stimme.

Der Mann zuckte vor Schreck zusammen. Mit kreidebleichem Gesicht drehte er sich um. „Äh … guten Tag“, stammelte er.

Janie Blake riss erstaunt die Augen auf. „Roger Kitson!“, rief sie.

„Aber heißt das … Sie kennen ihn?“, begann Leon.

Lisa stieß ihren Bruder in die Rippen, damit er still war. Das musste die Polizistin von Ellandale alleine erledigen.

„Mich würde interessieren, was Sie da in Ihrer Tasche haben, Mr Kitson“, sagte Janie Blake freundlich, aber bestimmt.

„Ach wirklich?“ Roger Kitson wurde rot. „Ich wüsste nicht, was Sie das angeht!“

„Es geht mich etwas an, weil ich nach einem gestohlenen Pokal suche!“, entgegnete Wachtmeisterin Blake ernst. Indessen hatte Leon die Tür zum Vereinsheim geöffnet und Wuff war herausgesprungen.

Roger Kitson sackte mutlos in sich zusammen. Während er argwöhnisch zu Wuff hinübersah, reichte er ihnen die Tasche.

Janie Blake öffnete den Reißverschluss und … holte den Pokal heraus.

In diesem Moment hörten sie immer lauter werdendes Jubelgeschrei vom Fußballplatz. Es kam von den Anhängern des FC Ellandale. Leon und Lisa sahen sich an, ließen Wuff bei Janie Blake und rannten zum Spielfeld. Sie kamen gerade noch rechtzeitig, um zu sehen, wie Joe Peters, der zweite Stürmer neben ihrem Vater, den Ball ins Netz donnerte.

„Toooor!“ Leon und Lisa sprangen in die Höhe, schrien vor Freude und fielen sich um den Hals. „Eins zu eins! Wir haben ausgeglichen!“

Die Zuschauer waren völlig aus dem Häuschen. Sogar Daniel Gibbs war von seinem Stuhl aufgesprungen und schwenkte eine seiner Krücken durch die Luft, als die Spieler zurück zum Anspielpunkt rannten.

„Gut, jetzt müssen wir nur noch gewinnen!", rief Leon und warf einen nervösen Blick auf seine Uhr.

Die reguläre Spielzeit war vorüber. Jetzt lief die Nachspielzeit – und die konnte wegen der Verletzung von Ellandales Mannschaftsführer durchaus einige Minuten dauern.

Das bedeutet, dass dem FC Ellandale doch noch eine Chance bleibt, ein zweites Tor zu schießen, dachte Leon voll neuer Hoffnung.

Aber auch mit einem Unentschieden wäre er zufrieden gewesen. Es wäre zwar nicht so gut wie ein Sieg, aber immer noch weit besser als zu verlieren!

Sowohl Leon als auch Lisa zog sich vor Aufregung der Magen zusammen, als wieder angespielt wurde. Sie wagten kaum zu atmen, als Blauweiß Turnham sofort zum gegnerischen Tor stürmte.

Doch ein Verteidiger von Ellandale grätschte fair dazwischen, eroberte sich den Ball und schoss ihn weit nach vorn. Er landete direkt auf dem Fuß von Mr Wilson.

„Jetzt aber los, Papa! Vorwärts!“, schrien Leon und Lisa.

Die Verteidiger von Turnham rannten zurück, doch sie kamen zu spät. Wer Wachtmeister Wilson noch aufhalten konnte, war allein der Torwart, der aus dem Elfmeterraum herausgestürmt war.

Der Vater der Wilson-Zwillinge zögerte. Doch anstatt um den Torwart herumzurennen, beförderte er den Ball plötzlich mit einem eleganten Heber über dessen Kopf. Der Torwart hatte keine Chance. In einem hohen Bogen flog der Ball in Richtung Tor – und senkte sich gerade genug, um knapp unter der Querlatte ins Netz zu gehen. Nur fünf Sekunden später pfiff Mr Thornton das Spiel ab.

„Geschafft! Geschafft!“, kreischten Leon und Lisa so laut, dass ihre Kehlen weh taten. „Wir haben gewonnen!“

10

Die Zuschauer klatschten und schrien vor Begeisterung, die Anhänger des FC Ellandale ebenso wie die von Blauweiß Turnham. Die Spieler der beiden Mannschaften schüttelten sich die Hände und lachten einander zu.

Jubelnd hoben zwei kräftige Spieler von Ellandale Wachtmeister Wilson auf ihre Schultern und trugen ihn zu einer Ehrenrunde um den Platz. Stolz beobachteten Leon und Lisa die Szene und winkten ihrem Vater zu, als er vorbeikam.

Da ging ein überraschtes Murmeln durch die Menge, gefolgt von donnerndem Jubel. Zusammen mit Polizeihund Wuff war Janie Blake auf den Platz getreten. In ihren Armen hielt sie den Pokal.

Leon und Lisa grinsten einander an, während ihre Mutter und die Familie Gibbs nur ungläubig auf das Spielfeld starrten.

„Was in aller Welt ist eigentlich neben dem Fußballspiel noch so alles passiert?“, fragte Tina Wilson neugierig.

„Wuff hat den Pokal gefunden!“, antwortete Leon mit einem Grinsen.

Indessen unterhielt sich Wachtmeisterin Blake mit ihrem Kollegen Jim Thornton. Dieser sah immer wieder zu Wuff hinunter, als könne er seinen Ohren nicht trauen.

Dann hob der Polizist seine Arme, um so um Ruhe zu bitten. „Wie Sie sehen können, wurde der Pokal gefunden! Das bedeutet, wir können ihn dem FC Ellandale überreichen“, verkündete er. „Und da dieser Verein das Spiel nun zehn Jahre hintereinander gewonnen hat, ist er berechtigt, den Pokal zu behalten.“

Leon und Lisa jubelten zusammen mit all den anderen Anhängern des FC Ellandale, als der Mannschaftsführer vortrat, um den Pokal in Empfang zu nehmen.

„Was ich noch sagen möchte …“ Wachtmeister Thornton schluckte, als ob er einen Tischtennisball verschluckt hätte. „Es war Wuff, unser Polizeihund, der den Schuldigen gefasst hat, und wir sind ihm zu großem Dank verpflichtet."

Alle applaudierten, während Wuff dasaß, mit dem Schwanz wedelte und all den Wirbel sichtlich genoss. Leon und Lisa platzten fast vor Stolz. Das war ein großartiger Tag für die Wilsons!

„Aber wer ist denn nun Roger Kitson, Janie?", fragte Leon. „Ist er ein Anhänger von Blauweiß Turnham?"

Janie schüttelte den Kopf. „Eigentlich nicht. Er kommt nämlich aus Ellandale."

Das Fest, mit dem man den Sieg feiern wollte, war in vollem Gange und auch die Mannschaft von Turnham und deren Anhänger hatte man dazu eingeladen. Für das leibliche Wohl sorgten mehrere Getränke- und Essensstände, für die jugendlichen Besucher gab es eine Disco.

Janie Blake sah ihren Kollegen Wilson an. „Soll ich es ihnen erzählen?"

Der Vater der Zwillinge lachte. „Nun ja, alle anderen im Dorf kennen die Geschichte ja eh schon."

„Was für eine Geschichte?", fragte Leon neugierig.

„Roger Kitsons Bruder Jim spielte früher beim FC Ellandale", erklärte Janie. „Zum Beginn der Saison wurde Jim Kitson jedoch gefeuert, weil er aus der Vereinskasse Geld gestohlen hatte. Diesen Rauswurf wollte Roger nun rächen, indem er den Pokal verschwinden ließ. Doch als festzustehen schien, dass Ellandale verliert, wollte er den Pokal zurückzubringen."

„Aber wann hat er ihn gestohlen – und ihn in den Müllcontainer gestopft?", wollte Lisa wissen.

„Kurz vor Spielbeginn war er im Vereinsheim", erwiderte Janie. „Und nur wenig später trat Jim Thornton aufs Spielfeld, um den Diebstahl bekannt zu geben. In der allgemeinen Aufregung bemerkte niemand, wie Roger Kitson sich mit seiner prall gefüllten Sporttasche davonschlich!"

„Und was geschieht nun mit Kitson?", fragte Lisa.

„Ich habe ihn vorübergehend festgenommen und aufs Revier gebracht“, fuhr Wachtmeisterin Blake fort. „Es liegt jetzt am FC Ellandale, ob er Anzeige erstattet oder nicht.“

„Nun ja, zumindest hat dieser Kitson uns das Spiel nicht verdorben!“ Lisa legte ihrem Vater den Arm um den Hals. „Du warst einfach großartig, Papa!“

„Ja, du bist unser Held!“ Tina Wilson lächelte. „Du und Wuff!“

Wuff sprang sofort auf und suchte jemanden, der ihn streicheln würde.

„Das hast du wirklich prima gemacht!“ Lisa küsste Wuff auf den Kopf. „Wo gehst du hin, Leon? Hast du was vor?“

„Ach, nichts Besonderes“, sagte Leon ausweichend und marschierte über die Wiese. „Bin gleich wieder da.“

Lisa, die nun doch ziemlich neugierig geworden war, folgte ihm langsam. Und Wuff, der sich nie weit von den Zwillingen entfernte, trottete hinterher.

Leon war unterwegs zu Sarah Barnett, die mit

einer Flasche Limonade in der Hand auf dem Gras saß und mit ihrem Bruder Robin redete.

„Es … es tut mir wirklich leid“, stammelte Leon. „Ich hätte dich nicht verdächtigen sollen, dass du den Pokal genommen hast.“

Sarah wurde etwas rot. „Schon in Ordnung“, murmelte sie. „Und ich hätte nicht in die Umkleideräume klettern sollen. Eine wirklich dämliche Aktion.“

„Schön, dass das nun geklärt ist!“ Robin grinste. Er stand auf, um Wuff zu streicheln. „Gut gemacht, Wuff. Dass der Pokal wieder hier ist, verdanken wir dir! Aber … wie hat er den Dieb eigentlich gefunden?“

„Entweder hat Wuff den Pokal gerochen“, sagte Leon, „oder er hat gemerkt, wie nervös der Mann war.“

Er erklärte, wie Hunde dem Geruch von Menschen folgen – und dass Menschen einen anderen Geruch abgeben, wenn sie Angst haben. Sarah und Robin hörten fasziniert zu.

„Ihr könnt uns ja irgendwann in Turnham besuchen“, sagte Sarah und reichte Leon und Lisa jeweils eine Flasche Limonade. „Oder wir könnten sogar ein Fußballspiel organisieren mit einigen Kindern aus Turnham und euch und euren Freunden."

„Super Idee!", rief Leon und strahlte. „Wir würden natürlich gewinnen, genauso wie heute!"

„Nein, würdet ihr nicht!", gab Sarah zurück.

„Oh, aber sicher! Wir …" Leon verstummte, als Wuff ihn ans Bein stupste.

„Wuff möchte, dass ihr aufhört zu streiten!", erklärte Lisa.

Leon grinste. „Besser, wir tun, was Wuff will", sagte er. „Schließlich ist er der Held des Tages – zusammen mit Papa!"

„Auf unseren Helden Wuff!", rief Lisa und hob ihre Flasche.

„Auf unseren Kommissar Wuff!", riefen auch die anderen und stießen miteinander an.

Wuff bellte laut, was zu bedeuten schien: „Eine Kleinigkeit für einen Polizeihund wie mich!"

Kommissar Wuff und der Diebstahl im Zoogeschäft

Aus dem Englischen
von Britta Keil

1

„Los, hol den Ball, Wuff!“, rief Leon Wilson und warf, so weit er konnte. „Du auch, Felix!“

„Ich glaube nicht, dass Felix Wuff schlagen wird!“ Lisa, Leons Zwillingsschwester, lachte, als sie die beiden Hunde zusammen quer durch den Park jagen sah.

Tatsächlich hatte Wuff mit seinen weiten Sprüngen den kleinen Terrier Felix bald überholt. Schon umkreiste er den Ball, nahm ihn ins Maul und rannte schwanzwedelnd und voller Stolz zu Leon.

Unterdessen trottete Felix keuchend zurück und seine kleine rosafarbene Zunge hing ihm aus dem Maul.

„Armer Felix!“ Julia Gibbs, das Nachbarsmädchen, lachte ebenfalls, als sie ihren Hund auf den Arm nahm. „Gegen Wuff hat er nie eine Chance, den Ball zu kriegen!“

Leon grinste und schaute auf Wuff. „Bleib, Wuff!“, befahl er streng.

Wuff setzte sich sofort ins Gras, seine dunklen Augen fest auf Leon gerichtet. Und auch als Leon den Ball aufs Neue wegwarf, bewegte Wuff nicht einen Muskel. Diesmal jedoch flitzte Felix hinterher, nahm den Ball auf und sprang fröhlich zurück zu Julia.

„Super, Felix!“, sagte Julia. „Und jetzt gib mir den Ball! Na los, guter Hund. *Felix!*“

Offensichtlich hatte Felix entschieden, den Ball nun zu behalten, da er endlich in seinen Besitz gelangt war. Er hielt ihn fest und wollte ihn einfach nicht mehr loslassen.

Wuff beobachtete das Geschehen mit großem Interesse. Sein schwarz-braunes Fell kräuselte sich im Wind, während er freundlich mit dem Schwanz wedelte. Seine langen, spitzen Ohren hatte er aufgestellt, aber er rührte sich immer noch nicht.

„Komm, Wuff!“, rief Leon und sofort kam Wuff zu ihm gerannt.

„Oh, ich wünschte, Felix wäre genauso gut

erzogen“, seufzte Julia, nachdem es ihr endlich gelungen war, dem Terrier den Ball wieder abzunehmen.

„Tja, Wuff ist eben etwas ganz Besonderes“, bemerkte Lisa voller Stolz.

Obwohl Wuff der Hund der Familie Wilson war, war er zugleich ein hochtrainierter Polizeihund. Er arbeitete mit dem Vater der Zwillinge, Wachtmeister Wilson, auf dem örtlichen Polizeirevier.

Die Wilsons waren letzten Sommer in den kleinen Ort Ellandale gezogen, weil Wachtmeister Wilson und Wuff hier eine neue Arbeit bekommen hatten. Das Landleben war etwas ganz anderes im Vergleich zu dem Leben in der Stadt, das Leon und Lisa damals hatten hinter sich lassen müssen. Inzwischen jedoch wollte es keiner von beiden wieder eintauschen.

„Da ist Papa!“ Lisa winkte, als sie ihren Vater im blauen Trainingsanzug in der Ferne vorbeijoggen sah.

Wachtmeister Wilson, ein großer Mann mit dem gleichen dunklen Haar wie Leon und Lisa, winkte zurück und lief weiter. Er war mit großem Eifer dabei, sich fit zu halten. Vor einigen Wochen hatte sich das ganz besonders bezahlt gemacht, denn Wachtmeister Wilson war kurzfristig für ein wichtiges Spiel in die Fußballmannschaft von Ellandale aufgenommen worden. Der Pokal jedoch, den am Ende die Gewinner bekommen sollten, war plötzlich wie vom Erdboden verschwunden. Wuff hatte den Fall gelöst und war im Dorf seitdem sehr berühmt.

„Was macht ihr in diesen Ferien?“, fragte Julia, als sie mit den anderen beiden zu den Schaukeln ging, während Wuff und Felix verspielt um sie herumtollten.

„Fußball spielen!“, antwortete Leon wie aus der Pistole geschossen. Die Ferien hatten am vorigen Freitag begonnen und für Spätsommer war das Wetter immer noch ziemlich mild.

„Das ist mal wieder typisch!“, seufzte Lisa. Leon war hoffnungslos fußballverrückt. „Aber vergiss nicht, dass wir noch Buchbesprechungen aufhaben, bei Mrs Kendall.“

Leon stöhnte. „Ich weiß, und …“ Doch bevor

er weiternörgeln konnte, forderte Wuff seine Aufmerksamkeit.

Der Schäferhund saß plötzlich wie versteinert da, hatte die Ohren gespitzt und starrte zwischen den Schaukeln hindurch zur Hecke, die den Spielplatz begrenzte.

Leon schaute in dieselbe Richtung, konnte aber nichts entdecken. „Wuff, was ist denn?“, fragte er verwundert.

Kurz darauf tauchte plötzlich ein schwarz-weißer Mischlingshund aus einem Loch in der Hecke auf und trottete zu den Schaukeln.

Leon wurde klar, dass der Hund schon da gewesen sein musste, bevor irgendjemand ihn hatte sehen können.

„Hallo, du!“, rief Lisa. „Ich frage mich, zu wem der gehört.“

Der Hund schien freundlich zu sein, denn er wedelte mit dem Schwanz.

Felix war hinter den Mülltonnen verschwunden, um einem verführerischen Geruch nachzugehen. Wuff hingegen ließ den schwarz-weißen Hund nicht aus den Augen

Leon wusste, dass Schäferhunde misstrauisch gegenüber allem Neuen waren, egal ob Hund oder Mensch. Aber im Allgemeinen vertrug Wuff sich mit anderen Hunden, sobald er sie kannte.

„Ich denke, er gehört der Familie dort drüben“, überlegte Lisa, während Wuff und der andere Hund einander vorsichtig beschnupperten.

„Glaub ich nicht“, rief Julia. „Sie sind doch gerade ohne ihn gegangen.“ Tatsächlich hatte die Familie den Spielplatz verlassen, ohne auch nur einen Blick auf den Hund zu werfen.

„Na ja, vielleicht gehört er ja einem der Jogger“, sagte Lisa. „Schaut doch mal, er hat ein Halsband um.“

Wuff und der andere Hund schienen sich gerade angefreundet zu haben, als Lisa von der Schaukel kletterte, um die beiden zu streicheln. Der Mischling schien sich darüber zu freuen und leckte ihre Finger.

„Könnte doch auch sein, dass ihn jemand verloren hat“, überlegte Leon.

„Vielleicht sollten wir seinen Besitzer suchen“, schlug Lisa vor.

In diesem Moment kam Felix hinter den Mülltonnen hervor. Er entdeckte seinen schwarz-weißen Artgenossen, bellte freundlich und sprang auf ihn zu.

Plötzlich wandelte sich das Verhalten des fremden Hundes. Er legte die Ohren an, bleckte die Zähne und knurrte tief.

Felix hielt ängstlich inne. Doch da ging der andere auch schon auf ihn los, unter lautem und wütendem Gebell …

2

„Felix!“, schrie Julia entsetzt. *„Felix!“*

Leon und Lisa blieben wie angewurzelt stehen, zu erschrocken um sich zu rühren. Dabei hatte der andere Hund so freundlich auf sie gewirkt! Wer hätte denn ahnen können, dass er so angriffslustig auf den kleinen Felix reagieren würde!

Da endlich griff Wuff in das Geschehen ein. Er sprang auf den Mischling zu und warf sich zwischen ihn und den Terrier. Dort hielt er die Stellung und knurrte leise, aber so Furcht einflößend, dass der andere sich nicht an ihn heranwagte. Felix kauerte unterdessen zitternd hinter Wuff.

Leon, Lisa und Julia schlug das Herz bis zum Hals und sie schauten gebannt auf Wuff und den Mischling, die einander regungslos anstarrten. Endlich bewegte sich der Schwarz-Weiße langsam rückwärts.

„Was ist denn hier los?“, fragte eine leise Stimme hinter ihnen.

„Papa!“, rief Lisa. Sie war noch nie so erleichtert gewesen, ihren Vater zu sehen.

„Der Hund da hat versucht Felix anzugreifen“, berichtete Leon. „Zu uns und Wuff war er ganz zutraulich, aber als er Felix gesehen hat, ist er gleich auf ihn losgegangen.“

Wachtmeister Wilson ging in die Hocke und streckte seine Hand nach dem fremden Hund aus. „Hey, mein Junge“, sagte er mit ruhiger und fester Stimme. „Wo kommst du denn her?“

Der Hund warf einen letzten vorsichtigen Blick auf Wuff und wandte sich dann Mr Wilson zu. Erst begann der Mischling zögernd mit dem Schwanz zu wedeln. Dann lief er schließlich auf den Wachtmeister zu, um seine Hand zu beschnuppern.

Mr Wilson redete mit ruhiger Stimme auf den Hund ein, zog dann Wuffs Leine aus der Tasche und machte sie schnell am Halsband des fremden Hundes fest. Der Mischling zeigte keinerlei Widerstand.

„Du kannst Felix jetzt hochheben, Julia“, sagte Wachtmeister Wilson.

Julia rannte zu ihrem Terrier. „Felix!“, rief sie erleichtert und nahm ihren Hund auf den Arm. Felix zitterte immer noch und schaute völlig verängstigt. Dabei war er sonst ein richtiger Draufgänger.

„Zum Glück war Wuff hier“, bemerkte Julia leise.

„Gut gemacht, Wuff!“ Leon lief zu Wuff hinüber, um ihn zu streicheln, gefolgt von Lisa. Beide wussten: Wenn Wuff nicht gewesen wäre, wäre die ganze Geschichte womöglich anders ausgegangen.

Wachtmeister Wilson las, was auf dem Anhänger am Halsband des fremden Hundes stand. „Sein Name ist Monty. Und hier steht auch eine Adresse. Das Beste ist wohl, wir sehen nach, ob seine Besitzer noch im Park sind. Falls nicht, bringen wir Monty zu ihnen zurück.“

„Ich bringe Felix nach Hause“, sagte Julia und drückte ihren kleinen Terrier liebevoll an sich. „Er ist immer noch ganz durcheinander.“ Dann streckte Julia ihre Hand aus und kraulte Wuffs dichtes Fell. „Danke, Wuff“, sagte sie mit zitternder Stimme. „Du bist ein Held.“

„Hier ist es.“ Wachtmeister Wilson hielt an einer Reihe von Häusern am Rande von Ellandale. „Nummer 5.“

„Ich hoffe, du wirst Montys Herrchen eine ordentliche Standpauke halten, Papa!“, murrte Leon, als sie mit Wuff und Monty zur Haustür von Nummer 5 gingen. „Sie sollten sich besser um ihren Hund kümmern, statt ihn alleine in der Gegend herumstreunen zu lassen.“

„Na ja, eigentlich bin ich heute gar nicht im Dienst“, erwiderte Mr Wilson und zwinkerte seinem Sohn zu, als er auf die Türklingel drückte. „Am besten ist wohl, wir hören uns erst einmal an, was passiert ist, okay?“

Die Tür wurde von einer jungen Frau geöffnet. Sie trug Jeans und einen roten Pullover. „Ja, bitte?“, fragte sie verdutzt. Aber bevor Mr Wilson antworten konnte, sah sie plötzlich Monty und stieß einen kurzen Schrei aus. „Monty! Wo kommst du denn her?“

„Ich nehme an, das ist Ihr Hund?“, fragte Mr Wilson und hob die Augenbrauen.

Monty spielte indes völlig verrückt und sprang immer wieder an den Beinen der jungen Frau empor, bis sie sich bückte, um ihn zu streicheln.

„Ja, das ist meiner.“ Die Frau war inzwischen ganz durcheinander. „Aber was macht er bei Ihnen? Er war doch in unserem Garten.“

„Wir haben ihn im Park gefunden“, mischte sich Leon ein. „Er hat den Jack-Russell-Terrier unserer Freundin angegriffen.“

„Wirklich?“, fragte die junge Frau verlegen. „Ich fürchte, Monty mag keine kleinen Hunde. Mit großen Hunden ist es kein Problem, so wie mit eurem Schäferhund zum Beispiel.“ Die junge Frau stockte. „Moment mal, ist das nicht *der* Polizeihund von Ellandale?“

Wachtmeister Wilson nickte. „Ja, das ist Polizeihund Wuff. Und ich bin Wachtmeister Wilson. Aber wie Sie sehen, war ich eigentlich gar nicht im Dienst, als Monty durchgedreht ist.“

„Oh nein.“ Die junge Frau wurde so rot wie ihr Pullover.

Lisa bekam allmählich Mitleid mir ihr.

„Sie denken bestimmt, ich sei eine absolut verantwortungslose Hundebesitzerin, Wachtmeister Wilson“, fuhr die junge Frau fort. „Aber ich war wirklich davon überzeugt, Monty sei im Garten. Wir lassen ihn *nie* alleine nach draußen!“

„Ich glaube Ihnen“, versuchte Mr Wilson sie zu beruhigen. „Aber vielleicht könnte ich mal einen Blick in Ihren Garten werfen? Wenn Monty wirklich ausgebüchst ist, müssen wir überlegen, wie wir den Garten sicherer machen können.“

Die Frau, sie hieß Mrs Reed, war sofort einverstanden. Gemeinsam gingen sie durch das Haus nach hinten in einen großen, verwilderten Garten. Überall wuchsen Brombeersträucher, und die Wiese war ungefähr einen halben Meter hoch.

„Wir sind erst vor wenigen Wochen eingezogen“, erklärte Mrs Reed. „Wir hatten noch keine Zeit, den Garten in Schuss zu bringen.“

„Man sieht’s“, flüsterte Lisa Leon ins Ohr. „Das ist ja der reinste Dschungel hier!“

„Nur gut, dass sie keinen kleinen Hund haben“, erwiderte Leon leise. „Den würden sie in dem Urwald hier doch nie wiederfinden!“

Wachtmeister Wilson machte eine schnelle Runde durch den Garten. Außerhalb des Gartens gab es eine Gasse, die hinter den Läden der Hauptstraße entlangführte und von den Anwohnern als Abkürzung benutzt wurde.

„Wahrscheinlich ist das der Weg, auf dem Monty in den Park gelangt ist“, sagte Mr Wilson. „Aber ich kann nicht erkennen, wie er nach draußen schlüpfen konnte“, fügte er unter Stirnrunzeln hinzu. „Der Zaun und das Tor sind ein bisschen klapprig, aber sie haben keine Löcher.“

„Vielleicht ist Monty über das Tor gesprungen“, schlug Leon vor.

Aber Wachtmeister Wilson schüttelte nur den Kopf. „Monty mag zwar ziemlich groß sein, aber das Tor ist immer noch ein ganzes Stück zu hoch für ihn. Seltsam …“

3

„Mama, können wir heute in die Zoohandlung gehen?“, fragte Lisa, als sie ihre Cornflakes aufgegessen hatte. „Wir wollen etwas Leckeres für Felix kaufen.“

„Wir finden nämlich, nach der Aufregung gestern hat er eine schöne Überraschung verdient“, fügte Leon hinzu. „Er war total verängstigt, nachdem Monty versucht hat ihn anzugreifen.“

Lisa und Leon frühstückten gerade mit ihrer Mutter. Wuff und ihr Vater waren vor einigen Stunden zur Arbeit gegangen. Sie hatten Frühschicht: von sechs Uhr morgens bis nachmittags um zwei.

„Eine gute Idee“, bemerkte Tina Wilson. Sie sah auf die Uhr. „Aber könnt ihr zwei bitte zuerst den Tisch abräumen? Ich komme sonst zu spät zu meinem ersten Hausbesuch.“ Die Mutter der Zwillinge arbeitete in Ellandale und den benachbarten Dörfern als Krankenschwester. „Und niemand weiß, wie Monty aus dem Garten ausreißen konnte?“, fragte Mrs Wilson.

„Nein, und wir werden es wohl auch nie herausfinden“, brummte Leon.

„Hoffentlich passiert es nicht noch mal“, sagte Lisa.

„Ich glaube immer noch, dass Mrs Reed ihn rausgelassen hat“, warf Leon ein. „Und als wir aufgetaucht sind, war es ihr unangenehm. Erst recht, als sie gemerkt hat, dass Papa Polizist ist. Die Geschichte, Monty sei angeblich ausgerissen, hat sie sich doch bloß ausgedacht.“

„Nein, das glaube ich nicht“, entgegnete Lisa nachdenklich. „Sie sah *wirklich* überrascht aus, als wir mit Monty vor ihrer Tür standen.“

„Und wie soll Monty dann rausgekommen sein?“, beharrte Leon. „Sind ihm vielleicht Flügel gewachsen und er ist einfach so über das Gartentor geflogen?“

Lisa lachte.

„Wie auch immer, ich muss los!“, rief Mrs Wilson. „Falls etwas ist, geht ihr zu Mrs Gibbs. Euer

Vater wird gegen zwei Uhr wieder hier sein.“ Dann eilte sie zum Auto.

Julias Mutter hatte vorgeschlagen, in den Ferien ein Auge auf Leon und Lisa zu werfen. Nicht, dass Leon und Lisa glaubten, sie bräuchten einen Babysitter. Aber sie freuten sich darüber, dass Mrs Gibbs angeboten hatte, mittags für sie zu kochen. Mrs Gibbs machte nämlich gigantisch guten Pudding! Im Gegensatz zu ihrer Mutter …

Die Zoohandlung hieß *Fell, Flossen und Federn* und gehörte Mr Burns. Obwohl die Polizei die Wilsons mit allem ausstattete, was Wuff brauchte, sogar mit Futter, gingen Lisa und Leon sehr oft in die Zoohandlung, um Leckereien für Wuff zu kaufen. Sie kannten Mr Burns sehr gut. Er war ein kleiner, fröhlicher Mann und obwohl er alle Tiere liebte, liebte er Hunde am allermeisten. Wuff hatte er besonders ins Herz geschlossen.

„Ich könnte mir vorstellen, dass Monty am Zaun gegraben hat und so entwischt ist“, überlegte Leon laut, als sie an der Eingangstür der

Zoohandlung angekommen waren. „Andererseits hätte Papa dann aber ein Loch am Zaun gesehen, oder?“

„Hör endlich auf mit diesem Monty!“ Lisa verdrehte die Augen und schob ihren Bruder in den Laden hinein.

Leon wollte gerade noch etwas erwidern, als er verblüfft feststellte, wer ebenfalls in der Zoohandlung war. Da stand sein Vater, Wachtmeister Wilson, mit Notizbuch und Stift in der Hand, und sprach mit Mr Burns. Wuff saß still zu seinen Füßen.

„Papa!“, rief Leon. „Was machst du denn hier?“

Lisa stieß Leon mit dem Ellbogen in die Seite. „Entschuldige, Papa, wir wollten nicht stören“, sagte sie leise.

„Hallo, ihr zwei“, sagte Mr Wilson mit einer Stimme, die Lisa und Leon daran erinnern sollte, dass er und Wuff gerade im Dienst waren.

Wuff rührte sich nicht von der Stelle. Obwohl er ganz verrückt nach den Zwillingen war, wusste er, wie er sich zu verhalten hatte, wenn er mit

Wachtmeister Wilson im Dienst war. Nur mit einem Schwanzwedeln gab er Leon und Lisa zu verstehen, dass er sie durchaus wahrnahm.

„Hallo, Leon, hallo, Lisa." Mr Burns sah nicht annähernd so fröhlich aus wie sonst. „Ich habe eurem Vater gerade von den Diebstählen erzählt, die sich hier seit einiger Zeit häufen."

„Was für Diebstähle?", fragte Leon neugierig und wich schnell einen Schritt zur Seite, bevor Lisa ihn noch einmal mit dem Ellbogen erwischte. „Entschuldige, Papa", murmelte er, nachdem sein Vater ihm einen finsteren Blick zugeworfen hatte. „Es hat mich ja nur interessiert."

„Es macht nichts, wenn du es weißt", seufzte Mr Burns. „Über die letzten Wochen sind mir immer wieder Dinge aus meinem Laden gestohlen worden."

„Was denn?", schaltete sich nun auch Lisa ein.

„Hauptsächlich Hundefutter und Hundespielzeug", antwortete Mr Burns.

Mr Wilson kritzelte etwas in sein Notizbuch. „Und Sie haben absolut keine Ahnung, wer dahinterstecken könnte?", fragte er.

Mr Burns schüttelte den Kopf. „Nein, wirklich nicht. Ich hatte doch noch nie Probleme mit Ladendieben."

„Nun gut. Dann halten Sie in nächster Zeit auf jeden Fall die Augen offen", riet Wachtmeister Wilson dem Zoohändler. „Es ist immer das Beste, wenn man die Gauner auf frischer Tat ertappt. Und rufen Sie uns sofort, falls es Neuigkeiten gibt.

Versuchen Sie aber nicht, den Dieb selbst zu stellen. Das ist zu gefährlich. Ich werde mich in der Zwischenzeit in den anderen Geschäften umhören. Mal sehen, ob dort in letzter Zeit die Diebstähle auch zugenommen haben."

Mr Wilson lächelte Leon und Lisa zu. „Euch zwei sehe ich später", sagte er und verließ die Zoohandlung. Wuff folgte ihm gehorsam, ohne die Zwillinge auch nur anzusehen.

„Wie auch immer, was kann ich für euch tun?", fragte Mr Burns und versuchte, dabei so fröhlich wie möglich zu klingen.

„Eine Tüte von den gelben Keksen, bitte." Lisa zeigte auf eines der großen Gefäße vor den Regalen, das mit Hundekeksen gefüllt war. Sie wusste, dass Felix die gelben am liebsten mochte.

„Ich befürchte, dieser Dieb, wer auch immer es ist, hat auch welche von den Keksen gestohlen“, bemerkte Mr Burns, als er nach einer Papiertüte griff. „So viele Kekse, wie in dem Behälter schon fehlen, habe ich nie im Leben verkauft! Die Diebe scheinen sich jedes Mal ihre Jackentaschen mit dem Zeug vollzustopfen!“

„Würden Sie das denn nicht merken?“, fragte Leon.

„Sie scheinen es wohl clever genug anzustellen“, antwortete Mr Burns. Er schaufelte einige Kekse in die Tüte, wog sie und gab sie dann Lisa. „Aber das nächste Mal bin ich auf diese Ganoven vorbereitet!“

4

„Hier, für dich, Felix!“, sagte Leon und warf dem kleinen Hund bereits den vierten Keks zu.

Felix schnappte ihn, verschlang ihn sogleich und leckte sich das Maul, als er fertig war. Danach saß er da und schaute sehnsüchtig auf die Tüte in Leons Hand, so als wäre er kurz vorm Verhungern.

„Ich denke, du hast jetzt genug, Felix“, sagte Julia ernst und warf einen Ball quer durch den Garten der Wilsons. „Hol ihn!“, rief sie und Felix rannte sofort hinterher.

Es war nach Mittag. Leon, Lisa und Julia hatten sich im Garten der Wilsons getroffen, denn im Garten der Gibbs hatte Julias Mutter die Wäsche aufgehängt und die störte beim Ballspielen.

„Felix scheint sich von gestern erholt zu haben“, bemerkte Lisa mit einem Lächeln.

Der kleine Terrier schien wieder völlig normal

zu sein. Und daran waren bestimmt auch seine Lieblingskekse schuld.

„Seinen Appetit hat ihm Monty jedenfalls nicht verdorben." Leon grinste, als Felix Julia den Ball vor die Füße legte und sich dann sofort an sein Bein schmiegte, den Blick auf die Kekse gerichtet.

„Nichts könnte Felix den Appetit verderben", antwortete Julia und warf den Ball aufs Neue.

Diesmal verfolgte Felix den Ball schon weit weniger leidenschaftlich und warf stattdessen einen sehnsüchtigen Blick auf die Tüte mit den Keksen.

„Was denkt ihr, wer ist der Dieb aus der Zoohandlung?", fragte Julia. Leon und Lisa hatten ihr von der Begegnung mit ihrem Vater und Wuff in Mr Burns Laden erzählt.

„Keine Ahnung", antwortete Lisa. „Aber der arme Mr Burns scheint richtig niedergeschlagen zu sein."

In diesem Moment öffnete sich die Hintertür des Hauses und Wuff trottete in den Garten.

„Hallo, Wuff", rief Leon, als der Schäferhund schwanzwedelnd auf sie zukam. Wuff schien glücklich darüber, nach einem anstrengenden Morgen wieder zu Hause zu sein.

Als Felix ihn entdeckte, verlor er sofort das Interesse am Ball und lief auf Wuff zu. Die beiden Hunde beschnüffelten sich freundlich und Felix' kleines Schwänzchen wackelte aufgeregt hin und her.

„Wuff ist jetzt Felix' Held!" Julia lachte und Leon gab beiden Hunden einen Keks.

„Hallo, zusammen", rief Mr Wilson, der mit einer Tasse dampfendem Kaffee in seiner Hand aus dem Haus gekommen war. „Wie geht's?"

„Hast du den Dieb gestellt?", fragte Leon gespannt.

„Geduld! Geduld!" Mr Wilson verzog das Gesicht. „Nein, noch nicht. Und es ist auch sehr unwahrscheinlich, solange Mr Burns die Diebe nicht beim Stehlen beobachtet."

„Vielleicht solltest du mit Wuff vor der Zoohandlung Wache halten", schlug Leon vor. „Lisa und ich könnten dir helfen!"

Mr Wilson lachte. „Danke für das Angebot. Ich glaube allerdings, es geschehen ernstere Verbrechen in dieser Gegend als der Diebstahl von Hundefutter. Aber ihr könnt ja die Augen offen halten, wenn ihr Mr Burns das nächste Mal einen Besuch abstattet."

„Das werden wir", versprach Lisa.

„Und wir werden natürlich Monty im Auge behalten, Papa", sagte Leon düster. „Ich wette nämlich, dass seine Besitzer ihn selber rausgelassen haben."

Mr Wilson schüttelte den Kopf. „Ich muss sagen, ich kann mir auch nicht erklären, wie Monty sonst aus dem Garten gekommen sein soll."

„Soso, mal wieder Gespräche über verloren gegangene Hunde ..." Tina Wilson kam in den Garten, ebenfalls eine Tasse Kaffee in der Hand. Sie trug immer noch ihre Arbeitskleidung, denn sie war nur auf ein schnelles, verspätetes Mittagessen nach Hause gekommen.

„Dieselbe Sache ist heute Morgen einer meiner Patientinnen passiert, Mrs Chivers."

„Was?", fragte Leon.

„Mrs Chivers hat ein verstauchtes Handgelenk", begann die Mutter der Zwillinge. „Und wann immer ich zu ihr fahre, bringen wir ihren Westie Hasso in den Garten, weil er sonst immer mit meinem Verbandszeug abhaut."

„Und Hasso ist aus dem Garten entkommen?", fragte Leon weiter.

Mrs Wilson nickte. „Er war zwar nur auf der Straße, direkt am Haus. Aber ich frage mich trotzdem, wie er dort hingekommen ist. Es gab eigentlich keine Möglichkeit für ihn, zu entwischen."

„Genau wie bei Monty!", rief Lisa. „Das ist doch unheimlich!"

„Hast du das der Polizei erzählt?", wollte Leon wissen.

Seine Mutter zuckte mit den Schultern. „Ich erzähle es ihr doch gerade, oder nicht?", sagte sie und lächelte ihren Mann an. „Ich habe keinen Anlass gesehen, gleich zur Polizei zu gehen. Hasso ist doch wohlbehalten wieder zurückgekommen."

„Papa, glaubst du, jemand hat Monty und Hasso mit Absicht freigelassen?", fragte Lisa ihren Vater.

Wachtmeister Wilson schüttelte den Kopf. „Ich weiß es nicht, Lisa. Aber ich frage mich schon, warum jemand so etwas tun sollte."

5

„Was habt ihr heute Nachmittag vor?“, fragte Tina Wilson die Zwillinge einige Tage später.

„Ich gehe in die Bibliothek“, sagte Lisa. Obwohl Ellandale kein großer Ort war, hatte es eine eigene kleine Bibliothek, welche sich in einem dafür umgebauten Landhaus befand.

„Und ich gehe in den Park“, schaltete sich Leon ein. „Vielleicht sind da ein paar Jungs aus meiner Schule zum Fußballspielen.“

Wachtmeister Wilson und Wuff waren gerade von ihrer Frühschicht nach Hause gekommen, da fragten Leon und Lisa ihren Vater gleich nach den neuesten Ermittlungen in Sachen „tierische Angelegenheiten“ aus. Aber es gab nichts Neues.

„Könntest du ein paar Dinge für mich besorgen, bevor du Fußball spielen gehst?“, fragte Mrs Wilson ihren Sohn und zog eine Einkaufsliste aus ihrer Tasche. „Ich habe heute einige Patienten zusätzlich und ehe ich von der Arbeit komme, sind die Läden vielleicht schon zu."

„Oh, Mama", quengelte Leon.

Doch da nahm Lisa auch schon die Liste an sich. „Können wir uns was Süßes kaufen, falls noch Geld übrig bleibt?"

Tina Wilson schüttelte den Kopf und lächelte. „Na gut, aber übertreibt es nicht!"

„Cool!", rief Leon. „Los, wir nehmen Wuff mit!"

„Weißt du, ich überlege immer noch, wer diese Hunde freigelassen haben könnte", begann Lisa, als die Zwillinge mit Wuff die Hauptstraße entlangliefen.

„Und worauf bist du gekommen?", fragte Leon ungeduldig.

„Ich hab noch keine Idee", erwiderte Lisa.

Leon verzog das Gesicht. „Ich *muss* es wissen. Es macht mich sonst noch wahnsinnig!"

Lisa unterdrückte ein Grinsen. Leon war nicht unbedingt der geduldigste Mensch auf der Welt.

Aber er hatte Recht: Es war ein ziemlich nervenaufreibendes Rätsel. Und es schien einfach keine Lösung dafür zu geben.

„Vielleicht gibt es hier in der Gegend jemanden, der keine Hunde mag“, schlug Leon vor, als sie *Masons* erreichten, einen kleinen Supermarkt am Ende der Straße.

„Aber warum sollte so jemand denn die Hunde aus den Gärten befreien?“, entgegnete Lisa, die gerade dabei war, Wuffs Leine an den Fahrradständern am Eingang des Supermarkts festzumachen. „Wenn dieser Jemand keine Hunde mag, dann hält er sich doch von ihnen fern!“ Sie warf einen Blick auf Wuff. „Sitz, Wuff!“

Wuff hatte schon geduldig auf seinem Hinterteil Platz genommen, noch ehe Lisa das Kommando ausgesprochen hatte. Er war es gewohnt zu warten und tat es ohne jeden Protest.

Leon und Lisa kraulten ihm den Kopf und gingen hinein. Lisa angelte noch schnell nach einem Einkaufskorb.

„Brot, Zucker, Mehl, Teebeutel, Salat, Tomaten ...“, murmelte Lisa und schaute auf die Einkaufsliste, während die Geschwister an den Regalen entlangliefen.

„Vergiss bloß nicht das Allerwichtigste!“, unterbrach Leon das Selbstgespräch seiner Schwester. „Süßigkeiten!“

Lisa griff nach einem Salat von der Gemüseauslage, als sie plötzlich nach Luft schnappte und die Augen aufriss. „Leon, guck mal!“

„Was?“ Leon war gerade mit den Tomaten beschäftigt und schenkte Lisa nicht besonders viel Aufmerksamkeit.

„Da!“, schrie Lisa und zeigte auf einen Gang zwischen den Regalen.

Leon drehte sich um und konnte gerade noch sehen, wie ein brauner Terrier direkt hinter ihm vorbeiflitzte. Der kleine Hund blieb plötzlich stehen und schnüffelte an einigen Schachteln, die in den unteren Regalen standen. Er steckte seine Nase hinein, bis alle Verpackungen begannen, zu Boden zu purzeln. Mit Gebell sauste er wieder los, mitten zwischen den Regalen hindurch in die Delikatessenabteilung.

„Wo kommt der denn her?“, zischte Leon und

kletterte über die auf dem Boden verteilten Schachteln.

„Er kam einfach zur Tür herein“, antwortete Lisa. „Keine Ahnung, wo sein Herrchen ist.“

Die beiden sahen sich an und jeder wusste sofort, was der andere dachte. Hatte diesen Hund auch wieder jemand heimlich freigelassen? Leon und Lisa stürzten dem Hund hinterher. Der Terrier hatte seine Pfoten inzwischen auf den Rand der Kühltheke gestellt und winselte sehnsüchtig bei dem Anblick von Fleisch und Käse hinter der Glasscheibe.

Die Frau hinter der Theke starrte auf den Hund und traute ihren Augen kaum. „Hunde müssen draußen bleiben“, fauchte sie und sah Lisa und Leon böse an. „Ist das etwa eurer?“

„Nein“, erwiderte Leon empört.

Lisa streckte dem Terrier ihre Hand entgegen. „Guter Hund!“, lockte sie. „Komm zu Lisa!“

Der Terrier blickte sie mit seinen schwarzen Knopfaugen an. Im ersten Augenblick sah es so aus, als würde er gehorchen, aber dann schoss er schwanzwedelnd wieder davon.

„Er hat offensichtlich zu viel Spaß, um mit diesem Unsinn aufzuhören“, schnaufte Leon, als die Zwillinge aufs Neue die Verfolgung aufnahmen.

Der Terrier hielt an, um sich eine große Packung Nudeln aus dem Regal zu schnappen und sie zwischen den Zähnen hin und her zu schleudern. Einen Moment später riss die Verpackung auf und Hunderte Muschelnudeln verteilten sich auf dem Boden. Der Terrier kläffte, ließ die Packung fallen und rannte drauflos. Er wich einer alten Frau mit Einkaufswagen aus und schien insgesamt sehr zufrieden mit sich zu sein.

„Hey, ihr!“ Ein Junge im Overall, der gerade die Regale am anderen Ende des Ganges eingeräumt hatte, rannte auf den Terrier zu. „Schafft den Hund hier raus!“

„Das versuchen wir ja gerade“, brüllte Leon ihm zu, als er und Lisa sich den Weg durch ein Meer aus Muschelnudeln bahnten.

Als der Terrier wieder anhielt, um an einigen Paketen mit Reis zu schnüffeln, tauchten am Ende des Ganges zwei Frauen und ein Mann in Anzug auf. Auf einem kleinen Schild, das sich an seinem Jackett befand, war zu lesen: *Manager: Mr Simpkins.*

„Das ist ja unglaublich“, polterte Mr Simpkins und bekam einen roten Kopf. „Eine Schande! Colin, fangen Sie das Tier ein. *Sofort!*“

Colin, der Junge im Overall, ging vorsichtig auf den Terrier zu. Leon und Lisa näherten sich dem Hund von der anderen Seite.

Der Hund zögerte, als er merkte, dass man ihm beide Fluchtwege versperrte. Dann machte er kurzerhand einen Satz und verschwand zwischen den Regalen hindurch auf der anderen Seite des Ganges.

Colin griff nach dem Stummelschwänzchen des Tieres, verfehlte es aber knapp und stieß sich stattdessen den Kopf am Regal.

„Der haut ab!“, schrie Mr Simpkins wütend und rannte mit seinen Angestellten in den anderen Gang. Leon und Lisa wollten gerade folgen, als Leon aus den Augenwinkeln eine Bewegung wahrnahm. Der Terrier war wieder hinter ihnen!

„Lisa, schnell!“ Leon ergriff ihren Arm und sie rannten dem Hund hinterher. Der lief inzwischen geradewegs auf die Ausgangstür zu! Jeden Moment würde er wieder auf der Straße sein.

Lisa hatte eine Idee. „Wuff", schrie sie, so laut sie konnte. „Wuff!"

Als der Schäferhund Lisas Stimme hörte, richtete er sich sogleich auf und lief in Richtung der Eingangstür, so weit seine Leine es ihm erlaubte. Da kam auch schon der Terrier angeflitzt und staunte nicht schlecht, als er plötzlich diesen riesigen Hund sah, der seinen Fluchtweg versperrte. Wuff rührte sich nicht vom Fleck, stattdessen starrte er den kleineren Hund eindringlich an. Der Terrier blieb stehen und begann zu winseln.

Sekunden später schnappte sich Leon den Ausreißer und hielt ihn so fest, wie er konnte.

„Puh! Das war knapp", schnaubte Leon. „Gut gemacht, Wuff!"

„Ja, das war super!", pflichtete Lisa ihrem Bruder bei. „Du bist mal wieder der Held des Tages, Wuff!"

6

„Und weißt du was, Papa?“, rief Leon atemlos. „Es war genau dasselbe wie bei Monty und Hasso! Der Besitzer hatte den Hund …“

„Benni“, kam ihm Lisa zu Hilfe.

„Genau, Benni.“ Leon nickte. „Wie auch immer, der Besitzer hatte den Hund im Garten gelassen und weiß nicht, wie er entwischen konnte.“ Leon sah seinen Vater triumphierend an. „Ein neues Hunderätsel!“

„Klingt ganz danach“, stimmte Mr Wilson seinem Sohn zu.“ Aber woher wisst ihr das denn alles?“

Leon grinste. „Wir waren dabei, als Mr Simpkins den Besitzer des Hundes angerufen hat. Der Hund hatte nämlich eine Marke um“, erklärte Leon.

Wachtmeister Wilson lachte. „Ich schätze, ihr zwei gebt einfach keine Ruhe, ehe ihr nicht alles über diesen Fall herausbekommen habt, wie? Hat es Mr Simpkins nicht gestört, dass ihr so neugierig ward?"

„Überhaupt nicht. Immerhin hat Leon ja die ganze Zeit über auf Benni aufgepasst", kicherte Lisa. „Ich glaube, Mr Simpkins hatte ein bisschen Angst vor Benni." Lisa kniete sich nieder und streichelte Wuff, der es sich auf dem Kaminvorleger gemütlich gemacht hatte. „Und wenn Wuff nicht gewesen wäre, hätten wir Benni nie gekriegt!"

„Was wirst du denn jetzt tun, Papa?", fragte Leon ungeduldig. „Du musst den Fall endlich lösen!"

„Solange niemand beobachtet, dass jemand die Hunde freilässt, kann ich leider nicht viel tun", entgegnete Wachtmeister Wilson. Als es an der Tür klingelte, erhob er sich aus seinem Sessel. „Das wird Jim Thornton sein. Ich habe ihn nämlich gebeten, mit mir das Weihnachtskonzert durchzusprechen."

„Das was?", unterbrach Lisa ihren Vater.

Mr Wilson konnte sich ein breites Grinsen

nicht verkneifen. „Ich habe vorgeschlagen, dass das Polizeirevier Ellandale dieses Jahr ein Weihnachtskonzert veranstaltet. Und alle Einnahmen könnten doch einem wohltätigen Zweck zugute kommen.“

„Ich wette, Wachtmeister Thornton wird *begeistert* sein.“ Leon grinste. Mr Thornton arbeitete seit einer halben Ewigkeit in Ellandale und war nicht unbedingt dafür bekannt, besonders offen für neue Ideen zu sein. Wuff zum Beispiel hatte er immer noch nicht vollständig als Mitglied seines Teams akzeptiert.

Wachtmeister Wilson zwinkerte seinen Kindern zu. „Oh, er wird es mögen!“

„Sieht nicht so aus, als würde die Polizei in nächster Zeit besonders viel tun wollen, was die verloren gegangenen Hunde betrifft“, murmelte Leon.

„Du hast doch gehört, was Papa gesagt hat“, erwiderte Lisa. „Sie *können* nichts machen.“

Leon stupste seine Schwester in die Seite. „Die vielleicht nicht. Aber *wir*!“

Lisa sah ihn überrascht an, konnte aber nichts

dazu sagen, denn in diesem Augenblick kam auch schon ihr Vater zusammen mit Wachtmeister Thornton herein.

„Hallo, Wachtmeister Thornton", rief Leon. „Also, was sagen sie denn nun zu den vielen entlaufenen Hunden?"

Jim Thornton war ein Mann mittleren Alters, der eigentlich fast immer einen mürrischen Eindruck machte. Er rümpfte die Nase und setzte sich so weit weg von Wuff wie möglich und ohne den Schäferhund auch nur eines Blickes zu würdigen. Leon und Lisa hatten am Anfang gedacht, er könne Tiere grundsätzlich nicht ausstehen. Aber dann hatten sie herausgefunden, dass Mr Thornton eine Katze besaß, Blacky, die er grenzenlos verwöhnte.

„Sehr ärgerlich!", erwiderte Wachtmeister Thornton. „Als ob die Polizei nichts Wichtigeres zu tun hätte, als streunenden Hunden hinterherzujagen oder sich um verschwundenes Hundefutter zu kümmern! Wenn die Leute besser auf ihre Hunde aufpassen würden, würden sie auch nicht ausreißen. Erst heute Morgen hat so ein Köter in der Lavender Straße wieder völliges Chaos angerichtet!“ Leon und Lisa richteten sich auf und sahen einander an.

„Davon weiß ich ja gar nichts“, sagte Wachtmeister Wilson und wurde neugierig. „Was ist denn passiert?“

„Da war so ein Wagen, an dem Eis verkauft wurde. Und der Hund hat die Kinder angesprungen, um an ihr Eis zu kommen“, antwortete Mr Thornton knapp. „Dann stellte sich heraus, dass der Hund jemandem aus der Gegend gehörte. Der Besitzer behauptete natürlich felsenfest, er habe den Hund in seinem Garten eingesperrt. Dabei hat er ihn wahrscheinlich selbst rausgelassen und nicht den Mut gehabt, es zuzugeben.“

Leon stieß Lisa an. „Genau wie bei Monty, Hasso und Benni!“

„Nun Jim, was das Konzert betrifft“, sagte Wachtmeister Wilson fröhlich und Wachtmeister Thornton blickte gleich noch grimmiger drein.

Inzwischen hatten sich Leon und Lisa in die Küche verzogen, gefolgt von Wuff.

„Was hast du gemeint, als du gesagt hast, dass wir etwas tun können, Leon?“, fragte Lisa, während sie sich über eine Dose mit Plätzchen hermachte.

„Ich denke, *wir* sollten beide Fälle selber lösen: die Diebstähle und die Sache mit den Hunden!“, erwiderte Leon begeistert. „Die Polizei unternimmt ja nichts.“ Leon kraulte Wuffs Fell und der Schäferhund schaute ihn mit neugierigen Augen an. „Und vergiss nicht, Lisa, wir haben immer noch Wuff!“

Leon, Lisa und Wuff waren auf dem Weg zur Zoohandlung.

„Ich habe keine Ahnung, wie wir herausbekommen sollen, wer die Hunde freigelassen hat“, sagte Lisa.

„Okay, vielleicht haben wir zwei keine allzu große Chance, dieses Rätsel zu lösen. Aber wer Mr Burns bestohlen hat, das werden wir rauskriegen! Wir müssen nur die Zoohandlung überwachen und aufpassen, wer dort ein und aus geht.“

„Hm!“ Lisa zuckte die Achseln. Sie konnte sich nicht vorstellen, dass das Lösen des Falles so einfach werden würde. Aber versuchen wollte sie es auf jeden Fall.

Als sie bei der Zoohandlung ankamen, sahen sie eine Frau mit Kinderwagen aus dem Laden kommen, die gleichzeitig versuchte, die Tür aufzuhalten. Mr Burns war gerade mit einem anderen Kunden beschäftigt und hatte nicht bemerkt, dass die Frau in Schwierigkeiten war. Leon eilte ihr zu Hilfe und hielt die Tür auf.

„Danke“, sagte die Frau lächelnd. „Sag Danke schön, Valerie!“

Lisa und Leon hatten gar nicht gesehen, dass die Frau noch ein Kind hatte, das hinter ihr stand. Es war ein blondes Mädchen mit frechem Gesicht, ungefähr vier. Sie trug einen hellblauen Schal und eine dazu passende Bommelmütze.

„Danke schön“, lispelte Valerie und grinste Leon und Lisa verschmitzt an. Dann sah sie Wuff und bekam große Augen. „Mami, der Hund!“, rief sie.

„Valerie, nein! Wir haben keine Zeit, um überall stehen zu bleiben und jeden Hund zu streicheln, der vorbeigelaufen kommt!", erwiderte die Mutter ungeduldig und zog Valerie weiter.

Leon und Lisa konnten sich ein Lachen nicht verkneifen, als sie sahen, dass Valerie nun ein Schmollgesicht machte.

„Hallo, Mr Burns", rief Leon, sobald der letzte Kunde das Geschäft verlassen hatte. „Wie sieht es aus? Ist wieder was gestohlen worden?"

Der Verkäufer nickte und kam hinter dem Ladentisch hervor, um Wuff zu streicheln. „Fast täglich", sagte er traurig. Er stöhnte und zeigte auf eines der Regale. „Erst heute Morgen ist wieder etwas Seltsames passiert. Ich hatte eine Packung Kauknochen dort liegen lassen und jetzt ist sie weg."

„Sind Sie sich sicher, dass Sie sie nicht verkauft haben?", fragte Lisa.

Mr Burns nickte. „Ganz sicher."

„Wissen Sie ungefähr, seit wann die Packung verschwunden ist?", wollte Leon wissen.

Mr Burns runzelte die Stirn. „Ich denke, als ich den Laden zur Mittagspause geschlossen habe, war sie noch da. Aber sicher bin ich mir da nicht."

„Immerhin wissen wir jetzt, dass der Dieb heute im Laden gewesen sein muss!", rief Leon aufgeregt. „Können Sie sich denn noch an alle Kunden erinnern, die Sie heute bedient haben, Mr Burns?"

„Na ja ..." Mr Burns kratzte sich am Kopf. „Ihre Namen kenne ich nicht alle, aber da war Mrs Adams und Mr Nixon ..."

Plötzlich wurde Lisa auf Wuff aufmerksam. Er schien auf dem Boden etwas zu wittern und verfolgte dieses Etwas mit größtem Interesse.

„Was ist, Wuff?", fragte Lisa.

„Vielleicht ein erster Hinweis!", rief Leon und strahlte.

7

Lisa und Leon stürzten zu Wuff herüber, um zu sehen, was er gefunden hatte. Es war ein hellblauer Kinderhandschuh.

„Oh, das ist alles?", seufzte Leon enttäuscht. „Ehrlich Wuff, ich dachte, du hättest etwas Interessantes entdeckt."

„Ich glaube, der gehört dem kleinen Mädchen, Valerie", sagte Lisa. „Dieser Handschuh hat genau dieselbe Farbe wie ihr Schal und ihre Mütze."

„Oh, ihr meint die Kleine von Mrs Collins", sagte Mr Burns und gab Wuff einen Keks. „Eine wirklich nette Familie. Mrs Collins macht immer Besorgungen für die älteren Leute in ihrer Siedlung. Viele aus ihrer Gegend haben Tiere. Darum kommt sie fast jeden Tag in meinen Laden."

Leon war immer noch enttäuscht. „Und ich dachte schon, wir hätten des Rätsels Lösung."

„Vielleicht sollten wir den Collins hinterhergehen und Valerie ihren Handschuh bringen. Der sieht noch ziemlich neu aus“, schlug Lisa vor.

„Ich dachte, wir wollten hier Wache halten und den Dieb überführen?“, entgegnete Leon.

„Das dauert doch nicht länger als ein paar Minuten. Weit können sie noch nicht sein. Und in der Zwischenzeit könnte Mr Burns eine Liste aufstellen, mit allen Kunden, die heute im Laden waren. Die würde ich gerne Papa zeigen.“

„Eine gute Idee, Lisa!“ Mr Burns suchte bereits nach Zettel und Stift. „Wird sofort erledigt!“

„Hab ich es nicht gesagt?“, sagte Leon triumphierend, als sie den Laden von Mr Burns verließen. „Wir werden die geheimnisvollen Diebstähle aufklären!“

„Haben wir aber noch nicht“, erinnerte ihn Lisa. „Allerdings verkleinert sich immerhin die Liste der Tatverdächtigen! Wo Valerie und ihre Mutter wohl langgegangen sind?“

„Dort lang.“ Leon zeigte auf das andere Ende der Straße. „Aber ich kann sie nirgends sehen.“

„Vielleicht sind sie in irgendeinem anderen Geschäft“, überlegte Lisa.

Also gingen sie die Straße entlang, warfen einen Blick in jeden Laden, an dem sie vorbeikamen, aber von der Collins-Familie keine Spur.

An ihrem Ende teilte sich die Hauptstraße in verschiedene Richtungen. Doch da sahen sie auch schon Valerie und ihre Mutter den Lilac Hill entlanglaufen, der in eine neue Wohnsiedlung führte. Mrs Collins schien eine Bekannte getroffen zu haben, denn sie unterhielt sich mit einer älteren Frau. Langsam gingen sie nebeneinander her, gefolgt von Valerie. Das Mädchen hielt einen Stock in der Hand und ließ ihn an einem Geländer entlangklappern.

„Guck mal!“ Lisa stieß Leon an. Valerie trug einen blauen Handschuh.

„Okay, dieses Rätsel wäre wohl gelöst“, sagte Leon. „Lass uns hinrennen und ihr den Handschuh geben. Ich will endlich zurück zu Mr Burns und mir die Liste der Verdächtigen ansehen.“

„Warum denn? Was hast du vor? Alle Verdächtigen überfallen und nachsehen, ob sie Hundekekse in ihren Küchenschränken versteckt haben?", stichelte Lisa.

„Nein, das überlassen wir Papa und Wuff", sagte Leon mit einem Grinsen. „Ich bin sicher, Wuff wittert sofort, wenn Kekse in der Nähe sind. Stimmt's Wuff?"

Die drei waren immer noch ein ganzes Stück hinter den Collins, als Lisa plötzlich stoppte und Leon am Arm festhielt. „Schau mal, Leon! Was um alles in der Welt macht Valerie da?"

8

Leon und Lisa blieben stehen und starrten auf Valerie. Das kleine Mädchen verhielt sich wirklich merkwürdig. Es war vor einem Gartentor stehen geblieben und rüttelte aus Leibeskräften daran.

„Die Collins wohnen aber woanders, oder?“, murmelte Leon verwirrt.

Leon und Lisa beobachteten, wie Valerie mit finsterem Blick verbissen versuchte, das Tor zu öffnen, aber es war offenbar zu fest verriegelt für ihre kleinen Finger.

„Na los, Lisa“, sagte Leon ungeduldig. „Lass uns den Handschuh hinbringen und endlich abhauen.“

„Nein, warte.“ Lisa griff erneut nach Leons Arm. „Was macht sie denn jetzt?“

Valerie hatte es inzwischen aufgegeben, das Tor zu öffnen. Ihre Mutter war immer noch ins

Gespräch vertieft und hatte nicht gemerkt, dass ihre Tochter zurückgeblieben war. Da griff das kleine Mädchen in seine Jackentasche und holte etwas heraus. Leon und Lisa waren zu weit weg, um zu erkennen, was es war.

„Was hat sie vor?“, flüsterte Leon.

Valerie ging in die Hocke. Was immer sie da aus ihrer Jacke gezogen hatte, sie steckte es nun zwischen die Latten des Gartentors. Dann stand sie auf, gerade als ihre Mutter nachsehen wollte, wo ihr Kind abgeblieben war.

„Valerie!“, rief Mrs Collins irritiert. „Komm schon, beeil dich!“

Valerie lief los und ließ Lisa und Leon verwirrt zurück.

„Was hat sie bloß durch das Tor gesteckt?“, rätselte Lisa.

„Lass uns nachsehen“, schlug Leon vor.

Sie eilten die Straße hinab auf das Tor zu, an dem Valerie eben noch gestanden hatte.

„Hier ist nichts“, sagte Lisa und starrte in einen leeren Garten.

„Warte mal, Lisa“, sagte Leon und schaute auf

Wuff. Der Schäferhund drängte in Richtung Tor, schnüffelnd, als seien all seine empfindlichen Sinnesorgane in Alarmbereitschaft. „Wuff wittert etwas!“

Da bellte Wuff, als wollte er Leon zu verstehen geben, dass er Recht hatte. Wenige Sekunden später trottete auch schon ein wolliger, schwarzer Pudel hinter einem großen Strauch hervor. In seinem Maul hatte er die Reste eines Hundeknochens und kaute genüsslich an den letzten Zentimetern. Als er Wuff erblickte, rannte er zum Tor und stimmte ein freundliches Begrüßungsgebell an. Dann beschnupperten sich die beiden Hunde vorsichtig durch die Latten des Tores hindurch.

„Valerie muss ihm den Knochen gegeben haben“, sagte Lisa. „Und sie hat versucht, den Pudel rauszulassen!“

Leon nickte. „Lass uns die Sache mit dem Handschuh verschieben. Am besten, wir folgen Valerie unauffällig und sehen, was sie als Nächstes vorhat!“

Lisa war einverstanden, und so liefen die Zwillinge und Wuff mit einigem Abstand hinter Valerie her. Eine Weile lang passierte gar nichts. Valerie bummelte nach wie vor hinter ihrer Mutter und deren Begleiterin her. Bis sie an einem anderen Tor haltmachte.

„Da!“, zischte Lisa. „Sie versucht es wieder!“

Leon und Lisa gingen näher heran, blieben aber auf der anderen Straßenseite, sodass Valerie sie nicht bemerkte. Dieses Mal hatten sie einen guten Blick auf das Tor. Ein struppiger Mischling mit rötlichem Fell war auf der anderen Seite und wedelte wie verrückt mit dem Schwanz.

„Hallo, Hundi!“, flötete Valerie. „Willst du in den Park?“ Wieder begann sie mit dem Tor zu ringen.

„Meinst du, wir sollten sie aufhalten?“, fragte Lisa besorgt.

Leon nickte. Aber es war zu spät. Gerade als sie Valerie von ihrem Vorhaben abbringen wollten, hatte das kleine Mädchen das Tor geöffnet und der Hund lief auf den Gehweg. Valerie strahlte und drückte das Tor wieder zu. Dann griff sie in ihre Tasche und holte einen Hundeknochen heraus.

Im nächsten Moment drehte sich Mrs Collins um, um nach ihrer Tochter zu sehen. „Valerie!“, rief sie ängstlich, als sie das Mädchen mit dem Mischling sah. „Hab ich dir nicht gesagt, du sollst Hunde nicht streicheln, die du nicht kennst? Das ist gefährlich! Jetzt komm an meine Hand!“

Sofort lief Valerie los und ließ den Hund auf dem Bürgersteig zurück.

Leon stieß Lisa an. „Ich glaube, wir wissen jetzt, wie all die Hunde aus den Gärten verschwinden konnten!“, sagte Leon. „Die kleine Valerie war’s.“

„Besser, wir sagen dem Herrchen des Mischlings Bescheid, dass sein Hund frei in der Gegend herumläuft“, schlug Lisa vor und zuckte heftig zusammen. „Oh nein!“

Während die Zwillinge nach Valerie Ausschau gehalten hatten, war der Hund mitten auf die Straße gerannt. Und plötzlich kam ein Auto direkt auf den Mischling zugerast.

9

Die junge Frau am Steuer hatte den Mischling gesehen und mit voller Kraft gebremst. Doch zu spät. Das Auto rollte immer noch vorwärts, der Hund kauerte mitten auf der Straße, vor Angst wie angewurzelt.

Da begann Wuff laut zu bellen.

Dieses Geräusch wiederum schien den Mischling aus seiner Starre zu lösen. Er sprang zur Seite, nur wenige Sekunden, bevor das Auto mit quietschenden Reifen an ihm vorbeischlitterte.

Leon griff nach dem Halsband des Hundes und zog ihn von der Straße.

„Gut gemacht, Wuff!", rief Lisa mit zitternder Stimme, ging in die Knie und vergrub ihr Gesicht in Wuffs dichtem Fell. Wuff leckte ihre Wange und wedelte freundlich mit dem Schwanz.

Vom Lärm des Fast-Unfalls überrascht, hatten sich Valerie und ihre Mutter noch einmal umgedreht. Als Valerie sah, dass der Mischling beinahe von einem Auto überfahren worden wäre, brach sie in Tränen aus.

Zur selben Zeit rannte die Hundebesitzerin nach draußen, um zu sehen, was da vor sich ging. „Bobby!“, schrie sie und lief auf die Straße, um ihren Hund zu holen. „Wie um Himmels willen bist du denn hierher gekommen?“

„Ihr Tor muss wohl offen gewesen sein“, sagte Lisa schnell, mit einem Zwinkern in Leons Richtung.

Sie wollte Valerie nicht in Schwierigkeiten bringen, auch wenn sie zumindest Mrs Collins sagen mussten, was vorgefallen war.

Erschrocken nahm die Frau Bobby auf den Arm und trug ihn zurück in den Garten. Leon, Lisa und Wuff eilten zu Mrs Collins und Valerie, die immer noch schluchzte.

„Valerie, Liebling, was ist denn los?“, fragte Mrs Collins verwundert, als sie Valeries Gesicht mit einem Taschentuch abwischte.

„Ich hab den Hundi rausgelassen!“ Jetzt bekam Valerie zwischen dem Schluchzen auch noch einen Schluckauf. „Aber ich wollte doch nicht, dass ihm was passiert!“

„Valerie, wovon redest du bitte?“ Mrs Collins schaute ihre Tochter völlig entgeistert an.

„Hallo, Mrs Collins“, rief Leon.

Valeries Mutter schaute Leon, Lisa und Wuff einen Moment lang an, dann lächelte sie. „Oh, ihr wart in der Zoohandlung, stimmt's?“, sagte sie. „Seid ihr nicht die Kinder von Wachtmeister Wilson?“

Die Zwillinge nickten.

Dann ergriff Lisa die Initiative: „Mrs Collins, wir sind Ihnen nachgelaufen, weil wir Ihnen das hier wiedergeben wollten.“ Sie zog Valeries blauen Handschuh aus der Tasche und gab ihn Mrs Collins. „Aber da ist noch etwas, das sie wissen sollten …“

Valeries Mutter hörte aufmerksam zu, als Leon und Lisa ihr von den vielen Hunden erzählten, die in der letzten Zeit in ganz Ellandale freigelassen worden waren. Dann zog sie die Stirn in Falten. „Und ihr denkt, das war *Valerie*?“

„Ja. Wir haben gesehen, wie sie Bobby auf die

Straße gelassen hat“, antwortete Leon. „Kurz vorher hat sie es schon bei einem anderen Hund versucht.“

Mrs Collins beugte sich nach unten, sodass sie ihrer Tochter in die Augen sehen konnte. „Valerie“, sagte sie sanft. „Hast du wirklich die Gartentore dieser Leute aufgemacht und ihre Hunde rausgelassen?“

Einen Moment lang war es ganz still. Dann nickte das kleine Mädchen und erklärte mit wackliger Stimme: „Sie wollten im Park mit den anderen Hunden spielen. Das macht ihnen doch Spaß!“

Mrs Collins schüttelte den Kopf. „Oh, Valerie!“, seufzte sie. „Das war eine ganz dumme Idee! Hunde sollten nicht alleine herumlaufen. Sie können doch verloren gehen oder es kann ihnen etwas zustoßen. Du hast ja gesehen, was beinahe passiert wäre, nicht wahr?“

Valeries Unterlippe begann erneut zu zittern. „Ich wollte nicht, dass jemand den Hundi überfährt“, wimmerte sie.

„Na gut, ich nehme an, es ist kein großer Schaden angerichtet worden." Mrs Collins umarmte ihre Tochter. „Aber versprich mir, dass du so was nie wieder machst, Valerie!"

„Ich verspreche es", murmelte Valerie mit tränenerstickter Stimme.

„Da ist noch etwas anderes, Mrs Collins", sagte Lisa leise. „Fragen sie ihre Tochter am besten mal, was sie alles in ihren Taschen hat."

10

„Wie bitte?“, Valeries Mutter traute ihren Ohren kaum.

Leon warf Lisa fragende Blicke zu. Was meinte seine Schwester damit? Valerie schaute verlegen zu Boden, während sie ihre Taschen leerte. Da kam eine angefangene Packung Hundeknochen zum Vorschein und eine ihrer Jackentaschen war voller Hundekekse aus Mr Burns Laden.

„Ach so!“, rief Leon, nachdem er eins und eins zusammengezählt hatte. „Valerie ist der geheimnisvolle Dieb!“ Er grinste Lisa an. „Gut gemacht, Schwesterchen.“

„Valerie!“ Mrs Collins war inzwischen sehr blass geworden. „Was soll das? Hast du diese Sachen aus der Zoohandlung?“

„Ich wollte doch nur ein paar leckere Kekse für die netten Hundis“, stotterte Valerie. „Und Mr Burns hat doch noch *so* viele davon!“

„Oh Valerie“, seufzte Mrs Collins. „Wie oft habe ich dir denn schon gesagt, du sollst dir nicht einfach Sachen nehmen, die dir nicht gehören!“ Sie schaute zu Leon und Lisa. „Oh, das ist mir alles so peinlich! Was sage ich denn jetzt Mr Burns? Er hat mir sogar von den Diebstählen erzählt. Aber ich wäre doch nie auf die Idee gekommen, dass Valerie dahintersteckt!“

„Mr Burns ist in Ordnung. Ich wette, er wird nicht böse sein, wenn er die Wahrheit erfährt, Mrs Collins“, sagte Lisa aufmunternd.

„Glaubst du?“, fragte Valeries Mutter unsicher. „Es ist wohl am besten, ich gehe gleich zu Mr Burns und erkläre ihm die ganze Geschichte. Vielleicht kommt ihr beiden einfach mit?“

Leon und Lisa waren einverstanden, und so machten sich alle gemeinsam auf den Weg zu Mr Burns. Valerie war mucksmäuschenstill. Erst als die Zwillinge ihr erlaubten, Wuff an der Leine zu halten, blühte sie langsam wieder auf.

„Valerie liebt Hunde“, erzählte Mrs Collins. „Darum ist das wahrscheinlich überhaupt alles passiert!“

„Hat Valerie einen Hund?“, fragte Lisa.

„Noch nicht“, erwiderte Mrs Collins. „Aber ich habe ihr einen Welpen versprochen, sobald sie etwas größer ist.“ Mrs Collins verzog das Gesicht. „Vielleicht sollte sie den Hund aber lieber früher als später bekommen.“

Sie kamen bei der Zoohandlung an und gingen hinein. Lisa hatte Mitleid mit Valeries Mutter, denn sie sah, wie nervös sie jetzt war.

„Oh, hallo!“ Es war niemand im Laden außer Mr Burns, der sehr überrascht war, sie alle zu sehen. „Ich bin gleich für Sie da, Mrs Collins. Leon, Lisa – ich habe diese Liste gemacht, mit all den Leuten, die heute da waren. Könnt ihr die eurem Vater geben?“

„Das ist nicht mehr nötig, Mr Burns“, antwortete Leon. „Wir wissen nämlich jetzt, wer ihnen die Kekse gestohlen hat.“

„Es tut mir leid, Mr Burns“, schaltete sich nun Mrs Collins ein. „Es war leider Valerie.“

„Valerie!“, rief der Zoohändler erstaunt.

Valerie wurde dunkelrot im Gesicht und versteckte sich hinter ihrer Mutter.

Mrs Collins erklärte mit Leons und Lisas Unterstützung schnell, was geschehen war, und Mr Burns lauschte ohne ein Wort zu sagen.

„Nun gut“, sagte er lächelnd, als er die ganze Geschichte gehört hatte. „Valerie ist also diejenige, nach der ich die ganze Zeit gesucht habe! So eine Überraschung!“

„Es tut mir schrecklich leid, Mr Burns“, sagte Mrs Collins. „Natürlich bezahle ich alles, was Valerie genommen hat!“

Mr Burns schüttelte den Kopf. „Lasst uns die ganze Sache einfach vergessen, ja? Und schließlich sind Sie eine meiner besten Kundinnen, Mrs Collins!“

„Das ist sehr nett von Ihnen.“ Mrs Collins sah erleichtert aus. Dann schaute sie zu Valerie, die gerade aus ihrem Versteck hervorgekrochen war, um Wuff zu streicheln. „Und du, Valerie, wirst nie wieder ohne zu fragen Sachen aus Mr Burns Laden mitnehmen. Hast du verstanden?“

Valerie nickte schuldbewusst.

Leon und Lisa schauten sich grinsend an. Mit Wuffs Hilfe hatten sie genau das erreicht, was sie sich vorgenommen hatten: Sie hatten wirklich beide Hunderätsel von Ellandale gelöst, und zwar an einem einzigen Nachmittag! Sie konnten es kaum erwarten, die ganze Geschichte ihrem Vater zu erzählen!

„Vielleicht könntest du Lisa und mir ja eine Arbeit auf dem Polizeirevier besorgen, Papa“, bemerkte Leon frech und öffnete eine Dose Cola.

Wachtmeister Wilson lachte.

„Gut gemacht, ihr beiden!“, rief Mrs Wilson. Sie stand am Herd und kochte Spaghetti Bolognese. „Ich finde es großartig, wie ihr diese beiden mysteriösen Fälle auf einmal gelöst habt!“

„Ich wusste, wir würden es auf jeden Fall schaffen“, schwärmte Leon, frei von jeder Bescheidenheit. „Sobald wir gesehen hatten, dass Valerie die Hunde freigelassen hatte und sie auch noch fütterte, war es ein Kinderspiel!“

„Moment mal!“ Lisa gab ihrem Bruder einen Stoß. „Habe *ich* nicht gesagt, dass Valerie die Ladendiebin sein könnte?“

„Nun, ich denke, ihr wart beide ganz schön clever“, schritt Mrs Wilson ein und warf Spaghetti in den Kochtopf. „Aber ich verstehe immer noch nicht, wie ihr überhaupt darauf gekommen seid, dass Valerie etwas mit den Diebstählen zu tun haben könnte!“

„Ja, erzählt uns doch noch mal, was passiert ist“, sagte Wachtmeister Wilson. Er langte unter den Tisch, wo Wuff ganz still lag, und kraulte dem Schäferhund die Ohren. „Wie seid ihr darauf gekommen, Valerie überhaupt zu verfolgen?“

Leon und Lisa schauten sich an und machten etwas verlegene Gesichter. „Nun ja …“, stotterte Leon. „Eigentlich sind wir darauf gekommen, weil Wuff in der Zoohandlung auf dem Boden einen Handschuh gefunden hat.“

Als er hörte, dass von ihm die Rede war, kam Wuff unter dem Tisch hervor, streckte sich und gähnte zufrieden.

„Wenn Wuff nicht gewesen wäre, wären wir nie auf die Idee gekommen, die Collins zu verfolgen. Und wir hätten auch nie rausgefunden, was Valerie getan hat“, fügte Lisa hinzu.

„Oh, dann ist wohl eigentlich *Wuff* der Held?“, stichelte Mr Wilson und es machte ihm offensichtlich große Freude.

„Ja, das ist er“, sagte Lisa kleinlaut und wuschelte Wuff liebevoll durchs Fell.

Der kluge Schäferhund bellte anerkennend und schien mit sich selbst sehr zufrieden zu sein.

„Na schön, Wuff“, sagte Leon und schmunzelte. „Dann warst *du* es also, der den Fall gelöst hat!“

Lies mich ...

Leseprobe aus dem Ravensburger Taschenbuch 54305 „Die Profischnüffler ermitteln“ von Fiona Kelly

„MUS, MUS.“

Holly Adams zog die Nase kraus, schloss die Augen und stellte sich taub. Es gab günstige und ungünstige Momente für öde Witze und dies war ein ausgesprochen schlechter Moment.

„Na los, sag schon“, rief Miranda Hunt, ihre beste Freundin. „Was fliegt durch die Luft und macht MUS, MUS?“ Holly blickte sie an. Sie wusste, dass sie keine Chance hatte, der Witzattacke zu entkommen. Wenn Miranda Witze für die Unterstufenzeitung *Tom-tom* testete, konnte sie nichts aufhalten. Holly seufzte. „Keine Ahnung, sag's mir.“

„Eine Biene im Rückwärtsgang!“

Holly musste gegen ihren Willen lächeln. „Miranda, der ist ja furchtbar.“

„Findest du wirklich?“

„Nein“, sagte Holly. „Ich wollte nur höflich sein. In Wirklichkeit finde ich ihn unerträglich.“

„Gut“, sagte Miranda. „Dann kommt er auf jeden Fall in die Zeitung.“

Sie beugte sich über das Blatt Papier, das auf dem Couchtisch lag, und ihre strohblonden Haare fielen ihr beim Schreiben in die Augen. Sie lehnte sich zurück und grinste zufrieden. „So, die Witzespalte wäre fertig. Wie kommst du voran, Holly?"

„Gar nicht", sagte Holly.

„Und warum nicht?"

„Vielleicht, weil ich ständig von einer gewissen Person gestört werde, die mir blöde Witze erzählt."

„Irgendjemand muss sie ja testen", sagte Miranda. „Wie sollen wir sonst den hohen Anspruch unserer Zeitung halten?"

„Du meinst wohl den niedrigen Anspruch bei deinen Witzen."

Miranda lachte. Es war ein für Mirandas Verhältnisse relativ leises Lachen, bei dem lediglich die Fensterscheiben im Wohnzimmer bebten. In Hollys Augen hatte es allerdings immer noch gute Chancen ins *Guinness Buch der Rekorde* aufgenommen zu werden.

„Jetzt mal im Ernst. Wie weit bist du mit der Krimirubrik?", fragte Miranda.

Holly lehnte sich im Sessel zurück und deutete auf ein leeres Blatt Papier. „Hier! Das ist alles!"

„Oje", sagte Miranda. „Fällt dir gar nichts ein?"

Holly schüttelte den Kopf. Das war ihr noch nie passiert.

„Vielleicht war es doch keine so gute Idee, gleich am

Montag nach den Ferien eine Ausgabe rauszubringen", sagte sie.

„Aber wieso denn?", widersprach Miranda. „Die Idee ist doch super."

„Wirklich?"

„Logo." Sie deutete auf das Wohnzimmer. „Erstens ist es hier viel bequemer als im Lehrmittelraum der Schule ..."

„Und zweitens?"

„Na, du weißt doch ganz genau, was man nach den Ferien sieht: überall nur lange Gesichter. Aber mit einer nigelnagelneuen *Tom-tom*-Ausgabe in den Händen wird es allen gleich viel besser gehen!"

„Trotz deiner Witze?"

„Gerade wegen meiner Witze! Also, woran hängt es denn bei der Krimispalte?"

„Es gibt einfach nichts zu berichten. Das ist alles."

In der Krimikolumne sollte immer etwas über die neuesten Kriminalromane oder Krimiserien im Fernsehen berichtet werden. Normalerweise hatte Holly die Qual der Wahl, was sie weglassen sollte. Aber davon konnte diesmal keine Rede sein.

„Ich habe kein einziges neues Buch in den Geschäften gesehen", fuhr Holly fort, „und im Fernsehen kommen in letzter Zeit nur noch Wiederholungen. Jetzt zeigen sie sogar alle *Miss-Marple*-Filme noch einmal!"

„Ich weiß", sagte Miranda. „Mein Vater meint, die

wären sogar schon wiederholt worden, als er noch ein Kind war!"

Holly stand auf und ging im Wohnzimmer auf und ab. „Was wir brauchen", sagte sie nachdenklich, „ist was *Neues.*"

„Du meinst, so wie meine Witze?", nickte Miranda.

„Nein, *nicht* wie deine Witze", erwiderte Holly. „Mein Vater hat gesagt, die meisten deiner Witze sind so alt, dass sie schon einen Bart haben …" Sie hielt inne und ihre Miene hellte sich schlagartig auf. „He! Warte mal. Warum eigentlich nicht?" Sie begann wieder hin und her zu laufen. „Ja, genau. Warum eigentlich nicht …"

„Entschuldigung, dürfte ich das vielleicht mal genauer wissen?", fragte Miranda. „Was soll das heißen, warum eigentlich nicht?"

„Warum nicht einfach mal einen alten Fall wieder aufgreifen?", erklärte Holly begeistert. „Vielleicht …"

„Vielleicht was?"

„Vielleicht einen, der *niemals* gelöst wurde!"

Miranda nickte zustimmend. „Gute Idee. Wie wär's mit Jack the Ripper?"

Holly zog die Nase kraus. „Für die Unterstufenzeitung?"

„Du hast Recht. Ist wahrscheinlich keine so gute Idee", erwiderte Miranda.

„Aber irgendwas in der Art", sagte Holly. Sie legte die

Stirn in Falten. „Oder vielleicht etwas aus einer alten Sage."

„Du meinst eine Geschichte, die vielleicht stimmt, vielleicht aber auch nicht? Wie …" Miranda schnippte mit den Fingern, während sie nach einem guten Beispiel suchte. „Wie König Artus und Camelot und solche Sachen?"

„Nein, nicht direkt."

„Ach so", sagte Miranda. Sie lachte plötzlich auf. „He, mir ist gerade was eingefallen – wo wird in England der König gekrönt?"

„In der Westminster Abbey?"

„Falsch, auf dem Kopf!"

„Miranda!", prustete Holly. „Okay, vergiss die Sache mit der Sage. Aber ein Artikel über einen ungelösten Fall wäre wirklich gut."

In Gedanken versunken stapfte sie in die Küche, um sich und Miranda noch einen Milchshake zu machen. Hollys Eltern arbeiteten tagsüber; ihr Vater war Rechtsanwalt und ihre Mutter stellvertretende Bankdirektorin. Das gefiel zwar Holly nicht besonders gut, hatte aber immerhin den Vorteil, dass sie sich so viele Milchshakes machen konnte, wie sie wollte. Während sie einen Blick in den Kühlschrank warf, klingelte es.

„Miranda", rief Holly. „Kannst du mal bitte zur Tür gehen? Was für einen Shake willst du – noch mal Erdbeer?"

„Ja, bitte", antwortete Miranda und ging zur Haustür. Dann fügte sie kurz darauf hinzu: „Und einen Schokoshake für den Zeitungsjungen."

Für den Zeitungsjungen? Was soll das denn?, dachte Holly. *Demnächst lädt Miranda noch die halbe Straße ein.*

Sie steckte den Kopf aus der Küche und sah Miranda mit einem hageren Jungen, der eine Umhängetasche über der Schulter trug, durch den Flur spazieren.

„Ach du bist's, Peter", sagte Holly. „Du hast ja gar nicht gesagt, dass du heute vorbeikommst."

Peter Hamilton strich sich die Haarsträhnen aus der Stirn und klopfte mit der Hand auf die Zeitungstasche.

„Da wusste ich ja auch noch nicht, dass ich heute die Abendzeitung austrage."

„Die *Abendzeitung*?", wiederholte Miranda. Sie blickte auf die Uhr. „Jetzt ist es gerade mal halb fünf."

„Ja, man nennt das eben die Abendausgabe", sagte Peter, das dritte Mitglied der *Mystery Kids*. „Es gibt auch noch eine Spätausgabe, aber die liefern wir nicht aus."

Peter lächelte zufrieden. „Einer von den Nachmittagsjungs ist für zwei Wochen in die Ferien gefahren. Ich übernehme solange seine Runde zusätzlich zu meiner eigenen. Das heißt", erklärte er aufgeregt, „dass ich mit dem, was ich bis jetzt schon gespart habe, am Ende der Woche …" Er hielt kurz inne und blickte zuerst Holly und dann Miranda und dann wieder Holly vielsagend an, „… genug Geld haben werde!"

Holly stöhnte. War das ein Nachmittag! Zuerst Miranda mit ihren Witzen. Dann die gähnende Leere in ihrer Krimikolumne. Und jetzt auch noch Peters großes Geheimnis. Er ging ihnen damit schon eine ganze Zeit lang auf die Nerven.

Am Anfang der Ferien hatte Peter zum ersten Mal erwähnt, dass er für etwas Geld verdienen müsse und angefangen habe, Zeitungen auszutragen. Aber *wofür* er sparte, darüber wollte er auf keinen Fall reden.

Seit diesem Zeitpunkt hatten Holly und Miranda alles Mögliche versucht, ihn zum Sprechen zu bringen. Zuerst hatten sie es mit vernünftigen Argumenten versucht. Dann hatten sie so getan, als interessierte es sie überhaupt nicht, was natürlich nicht stimmte! Schließlich hatte Holly sogar damit gedroht, ihm Jamie auf den Hals zu hetzen. Aber selbst die Aussicht, sich von Hollys nervtötendem kleinen Bruder Jamie löchern zu lassen, hatte Peter nicht zum Reden gebracht. Sein Geheimnis war immer noch ein Geheimnis.

Nur noch einen Versuch, dachte Holly bei sich. „Wofür hast du denn genug Geld zusammen, Peter?"

Aber Peter lächelte nur. „Das kann ich euch nicht sagen – für den Fall, dass sie schon weg sind, wenn ich hingehe. Aber letztes Mal waren sie noch da."

„Du suchst doch nach einem Fall, Holly", sagte Miranda. „Darf ich vorstellen: Peter Hamilton. Ein hoffnungsloser Fall!"

Peter lachte, schwieg aber immer noch.

Miranda legte Peter eine Hand auf die Schulter. „Peter", säuselte sie, „sind wir die *Mystery Kids* oder nicht?"

„Ja schon, aber …"

„Und wir knacken jedes Rätsel, auf das wir stoßen", fuhr Holly fort, „und zwar gemeinsam."

„Einer für alle …", sagte Miranda.

„Und alle für einen", schloss Holly.

„Schon, aber …"

„Mit anderen Worten: keine Geheimnisse unter den *Mystery Kids*", sagte Miranda sanft. „Abgemacht?"

Peter nickte. „Abgemacht. Keine Geheimnisse."

„Na also", sagte Miranda triumphierend.

„Sobald ich sie habe, werdet ihr es erfahren. Aber wenn ich es euch jetzt schon verrate und sie dann doch nicht bekomme, dann wäre ich selber zu enttäuscht! Dann hätte ich das Gefühl, ich würde euch etwas schuldig bleiben. Das wäre doch schrecklich, oder?"

„Schlimmer als nicht zu wissen, was du vorhast, kann es kaum sein", brummte Miranda.

„Abwarten", sagte Peter. „Alles, was ich euch im Moment sagen kann, ist, dass sie genau das sind, was die *Mystery Kids* noch brauchen."

Mit einem verzweifelten Seufzer schnappte sich Holly die Zeitung, die Peter in der Hand hielt, und ließ sich in einen Sessel fallen.

„He, pass bloß auf, dass du die Zeitung nicht zerknitterst“, sagte Peter. „Die ist für Hausnummer vierundsiebzig. Ihr kriegt keine von *Harry's Kiosk.*“

„Und warum hast du uns dann eine mitgebracht?“, fragte Holly und blätterte die Zeitung durch.

„Hab ich ja gar nicht. Ich wollte nur mal schnell vorbeischauen und Hallo sagen.“

„Hallo“, sagte Miranda missmutig. „Sag Peter Hallo, Holly.“

„Hallo“, sagte Holly geistesabwesend.

„Nett, dass du vorbeigekommen bist“, sagte Miranda. Sie legte Peter die Hand auf den Rücken und schob ihn sanft Richtung Tür. „Tschüss, Peter. Bis bald.“

„Schon gut, ich hab verstanden. Aber die Zeitung …“

„Ist für Hausnummer vierundsiebzig“, sagte Miranda. „Keine Sorge, ich bring sie auf meinem Nachhauseweg für dich hin.“ Sie blickte Holly an, die immer noch in der Zeitung las. „Das heißt, falls ich heute überhaupt noch nach Hause komme.“

Peter blickte sie erstaunt an. „Wegen unserer Unterstufenzeitung“, erklärte Miranda. „Wir versuchen schon den ganzen Nachmittag eine Ausgabe für nächste Woche zusammenzustellen, aber in der Krimirubrik herrscht derzeit immer noch gähnende Leere.“

Holly blickte auf. „Wir wollten vielleicht etwas über einen geheimnisvollen, nie gelösten Fall schreiben. Hast du zufällig eine Idee?“

„Holly!“, sagte Miranda mit gespieltem Entsetzen. „Du fragst Peter nach Ideen? Du musst ja wirklich verzweifelt sein!“

Peter schüttelte den Kopf. „Nicht, dass ich wüsste …“

„Na bitte“, sagte Miranda.

„Es sei denn, du findest was auf Seite fünfzehn“, sagte Peter und deutete auf die Zeitung in Hollys Händen. „In der Spalte links unten. Ich bin selbst noch gar nicht dazu gekommen nachzusehen.“

Gespannt schlug Holly die besagte Seite auf. „Was soll denn da drin stehen?“

„Da gibt es eine Rubrik über Ereignisse, die genau an diesem Tag vor vielen Jahren mal passiert sind. Also, zum Beispiel heute vor fünfundzwanzig oder vor fünfzig Jahren …“

Er verstummte, da Holly plötzlich laut aufschrie. Mit aufgerissenen Augen starrte sie auf die Seite. „He! Das ist vielleicht was!“

Holly breitete die Zeitung auf dem Wohnzimmertisch aus, während Peter und Miranda ihr neugierig über die Schulter sahen. „Da, seht mal!“

„Heute vor zehn Jahren…“, las Miranda. „Ist das alles?“

Holly tippte aufgeregt auf den Artikel. „Natürlich nicht! Da!“

„‚Der Erpresser Ginger Kane…‘“, las Peter weiter.

„Das konnte ich ja nicht sehen“, sagte Miranda. „Du

hast den Finger drauf gehabt." Sie beugte sich gespannt vor, während Peter weiter vorlas.

„*... entkam mit einem Lösegeld von fünfzigtausend Pfund, das in einem Koffer in einer der Telefonzellen vor der U-Bahn-Station Highgate deponiert worden war.*'"

Während er leise durch die Zähne pfiff, ergriff Miranda die Gelegenheit und las weiter.

„,*Aber schon fünfundzwanzig Minuten später wurde Kane von Constable Alan Jenkins gefasst.*' Fünfundzwanzig Minuten später!", schnaubte Miranda. „Ich verstehe nicht, was daran so geheimnisvoll sein soll?"

„Das ist ja noch nicht alles", sagte Holly. „Jetzt wird's ja erst interessant."

Sie deutete auf den letzten Absatz des Artikels. Am Ende standen noch zwei kurze Sätze, die Miranda übersehen hatte.

„,*Das Geld hatte Kane zu diesem Zeitpunkt bereits versteckt. Es wurde niemals gefunden.*'"

Holly blickte Peter an. Peter blickte Miranda an. Miranda blickte Holly an. Alle drei nickten gleichzeitig.

„Das ist *allerdings* ein geheimnisvoller Fall!"